낮 12시,
책방 문을 엽니다

# 낮 12시,
# 책방 문을 엽니다

동네책방 역곡동 용서점 이야기

박용희 지음

꿈꾸는인생

# 3년의 기록

살면서 고생스런 여행을 두 번 했다. 2007년에 22일간 자전거로 전국 일주를 했고, 2016년에 또다시 자전거를 타고 6개월 동안 북한 접경 지역, 티벳, 인도를 여행했다. 첫 여행에서는 밤마다 잠잘 곳을 얻느라 동네 이곳저곳을 돌아다녔다. 어떤 날은 초등학교 화장실에 침낭을 깔고 자기도 했다. 두 번째 여행도 비슷했다. 다만 도구가 좀 더 좋아져서 어디서든 텐트를 치고 잘 수 있었다는 정도의 차이뿐.

다녀와서 사람들에게 이야기를 하면, 대체 왜 그런

여행을 하느냐고 다들 물었다. 특별한 이유는 없었다. 그저 '이때가 아니면 못할 것 같아서'가 전부였다. 더 늦기 전에 시도해 보자는 마음이었다. 누군가에겐 무모해 보였을지도 모른다. 하지만 그 두 번의 여행은, 내가 '처음'과 '시작'을 보다 담대하게 마주할 수 있게 해 주었다. 그래서 자꾸, 뭘, 겁 없이, 시작하나?

다행히 '서점'은 내게 '처음'이 아니었다. 사회생활을 시작하며 쭉 해 왔던 일이 바로 서점 일, 그러니까 책 파는 일이었다.

학과 수업에 취미를 붙이지 못했던 나는, 2007년엔 수업을 야간으로 돌리고 낮에는 해외 원서를 취급하는 서점에서 아르바이트를 하며 지냈다. 그게 인연이 되어 2008년 8월, 한 대학교에 입점하는 서점에서 함께 일해 보자는 제안을 받았다. 그게 내 서점 인생의 시작이다. 책 파는 삶은 2015년 말까지 계속됐다. 책방 매니저, 잡지사 홍보팀장, 출판사의 직영서점 관리자. 그렇게 7년을 일하고 8년 째 되던 해에 스스로에게 안식년을 주고자 떠난 것이 두 번째 여행이었다.

그리고 그 여행에서 돌아와 나는 내 서점을 열었다.

책 파는 일은 처음이 아니었지만 책방 주인이 되어 본 건 처음이라, 처음은 아닌데 처음인 게 많았다. 그래서 시행착오도 겪고, 보람도 느끼고, 후회도 하고, 즐겁기도 했다. 힘들 때는 여행이 가르쳐 준 것들을 떠올렸다.

이 책은 지난 3년 동안의 이야기 중 극히 일부를 지면으로 옮기려는 시도이다. 나중에, 시간이 많이 지나고 난 후 용서점의 처음을 기억하고 싶을 때 펼쳐보려고 한다. 내게 의미 있는 이 이야기가 누군가에게도 (어떤 식으로든) 도움이 되면 좋겠다.

차례

## 2부

# 이상한 동네, 수상한 사람들

**3부**

# 일단 모입시다

**에필로그**

**1부**

# 어쩌다,
# 서점

서점 일을 하려면 '독자가 있다'는 믿음이 필요하다. 책방 주인으로서 당장 서점의 수익이 느는 것보다 중요한 건, 독자의 존재이다. 그런 점에서 독자의 존재를 확인하는 일은 내게 기쁨이다.

낮 12시,
책방 문을 엽니다

## 서점 주인이
## 되다

　용서점의 초창기 상황을 "땅 짚고 헤엄치는 중"이라고 이야기한 적이 있다. 그만큼 일이 술술 풀리던 시기였다. 이렇게 쉬워도 되나 싶을 정도로.

　처음부터 서점 주인이 될 생각이었던 건 아니다. 여행을 마친 후 하고 싶었던 일은 '여행 강연'이었다. 내 경험을 다른 사람에게, 특별히 청소년들에게 들려주고 싶었다. 도전해 보라고, 모험을 해야만 알 수 있는 것들이 있다고 말이다. 그건 내가 잘할 수 있는 일이라는 확신이 있었고, 무엇보다 하고 싶은 일이었다.

실제로 여행 후 한 달 정도는 종종 들어오는 여행 강연을 하며 지냈다. 그러다가 11월 중순쯤 오래된 지인의 연락을 받았다. 40평 정도 되는 공간이 있는데, "네가 뭔가 해 보지 않겠냐"는 제안이었다.

40평 공간, 보증금 없이 최소한의 세만 내는 조건, 깔끔한 내부 인테리어. 새로 뭔가를 시작하기에 이보다 좋을 수 없었다. 조금 외진 곳에 있는 게 단점이었지만, 공간이 워낙 좋았다. 지하 공간이라는 것도 당시에는 감이 오질 않아 겁나지 않았다.

빈 공간을 보고 있자니 집을 가득 채우고 있는 책들이 생각났다. '그래, 일단 그걸 팔자.' 그렇게 나의 첫 번째 서점, '덕은동 용서점'이 시작되었다.

12월 한 달 동안 준비해서 1월에 오픈하면 좋을 것 같았다. 집에 있는 모든 책장과 책을 옮기고, 12월 말에 오픈 이벤트 '책팔아 인생'까지 무사히 진행한 뒤, 1월 초에 오픈하는 것으로 일정을 짰다.

그런데 막상 집에 있던 책들을 옮기고 보니 내가

상상했던 것과는 달랐다. 서점이라기엔 책이 턱없이 부족했다. 40평 넓이를 실감하는 순간이었다. 우선 이케아의 저렴한 책장으로 빈 공간을 채우기로 했다. 검은색 계열의 날씬한 책장이었다. 다행히 그걸 제외하고는 모두 집에서 쓰던 것들이라 추가로 들어가는 돈은 없었다. 그동안 구박받으며 모았던 것들이 이렇게 도움이 될 줄이야. 이런 걸 선견지명이 있다고 하던가.

이케아 책장은 공간을 소개해 준 지인과 둘이서 조립했다. 이런 걸 '공간을 소개해 준 죄'라고 한다. 동봉된 렌치로 수십 개의 책장을 조립하다 보니 손이 부르르 떨리고, 손바닥에는 구멍이 날 것만 같았다. 며칠에 걸쳐 책장들을 조립했고, 일이 거의 마쳐질 즈음 지인이 말했다.

"야, 근데 왜 우리 전동 드라이버 안 쓰고 손으로 하는 거야?"

"아니, 그걸 왜 이제 말해요!"

# 만 권의
# 책

책장 서른 개를 조립해서 줄지어 세워 놓으니, 꽤
그럴듯해 보였다. 문제는 책장을 어찌나 넉넉하게 준
비했는지 약 만 권의 도서를 수납할 수 있는 공간이
마련되고 말았다는 것이다. 참고로 내가 가지고 있던
책이 천오백 권 남짓이었다. 책장의 빈 공간을 채워야
했다. 한참 고민을 하고 있는데, 아는 분에게서 연락
이 왔다.

"용형, 서점 연다는 소식 들었어요. 혹시 책 안 필
요하세요?"

사연은 이랬다. 지인의 아버지는 젊은 시절부터 책방을 하는 게 꿈이었다. 약 30년 동안 그 꿈을 이루기 위해 돈이 생길 때마다 책을 사 모았고, 그 결과 무려 약 2만 권의 책이 쌓였다. 말하자면, 책과 함께 살아오신 것이다.

그런데 그런 삶이 본인에게는 행복이었을지 몰라도 다른 가족에게는 그렇지 않았다. 가족들에게 책은, 쓸데없이 공간을 차지하고 공기를 나쁘게 하는 짐일 뿐이었다. 이사를 앞두고 가족들로부터 최후통첩을 받으신 어르신은 결국 책을 정리하기로 마음먹었다.

연락을 받고 어르신 집에 찾아간 나는 생전 처음 보는 광경에 입이 벌어졌다. 문자 그대로 천장까지 책이 쌓여 있었다. "젊은 사람이 서점을 연다니 축하한다"는 인사와 함께, 어르신은 자신이 모은 책 전부를 가져가서 서점에 진열해 두면 종종 들러서 보겠다고 하셨다. 2만 권의 책 기증이라니, 상상도 하지 못한 일이었다. 서가의 빈자리를 두 번이나 채울 수 있는 양이 아닌가!

고민 끝에 일부를 골라서 가져가는 것은 안 되는지

여쭸고, 협상은 결렬됐다. 어르신은 전체를 다 가져가야 의미가 있다고 고집을 부리셨다. 아쉽지만 발길을 돌렸다.

그날 밤 어르신 집에서 어떤 대화가 오갔는지는 모르지만, 삼 일 뒤 한결 부드러워진 목소리로 어르신이 전화를 주셨다.

"삼 일 줄 테니까 그럼 한번 책을 골라 봐. 하도 가족들이 뭐라고 해서 말이지."

친구 두 명을 동원해서 2만 권의 책을 하나하나 검수했다. 중고책방을 열자마자 받게 된 고난이도 트레이닝이었지만 전혀 고되게 느껴지지 않았다. 책 더미를 뒤지는 게 즐거웠다. 책에 덮힌 먼지를 털어 내며, 우린 지금 보물찾기를 하고 있는 거라고 농담을 주고받았다. "야, 여기 보물이 있다!"

그렇게 2천 권의 책을 건져냈다. 그러나 아직 서가의 반이 비어 있었다. 나머지 빈 곳은 어떻게 하나 고민하던 중에 또 한 통의 연락을 받았다. 많은 책이 부부 사이를 방해하고 있다며 좋은 일에 써 달라고 했다. 이번에는 3천 권이었다. 이후에도 용서점에 책을 기중하겠다는 이들의 연락이 줄을 이었고, 결국 책 만 권이 채워지는 데 한 달이 채 걸리지 않았다. 그 과정에서 몇 가정은 평화를 지켰고, 용서점은 서점의 모습을 갖추게 됐다. 이런 걸 윈-윈이라고 하던가.

이제 파는 일만 남았다.

# 온라인
# 판매

서점을 하기로 결정한 순간부터 온라인 판매를 염두에 두었다. 사실 온라인 판매가 아니었다면 선뜻 서점을 시작하지 않았을 것이다. 덕은동이 수색역에서 가깝다고는 해도 누군가 찾아올 위치는 아니었고, 무엇보다 내 시간을 확보해 여행 관련 일을 병행하려는 생각이었기 때문이다. 실제로 덕은동에서 서점을 시작한 후에도 월 1~2회 정도는 여행 강연을 다녔다. 당시 외부에 공식적으로 알린 내 계획, 곧 서점 스케줄은 '1년 중 12월 한 달은 무조건 문 닫고 여행, 6년

일하고 나면 7년 차에는 1년 동안 여행'이었다. 그런 자유는 온라인 판매가 아니고서는 꿈꿀 수 없었다.

한 달 전부터 개인 SNS을 통해 용서점 오픈 소식을 알렸다. 회원을 모으고, 선착순으로 회원 번호를 발급했다. 2008년 처음 서점 일을 시작하며 쌓아 온 인맥이 힘을 발휘하는 순간이었다. 순식간에 300번이 넘는 번호가 채워졌다. 이후 중고책 사이트 북코아에 '용서점 미니샵'을 개설했다. 하지만 그것으론 부족했다. 단순히 책 소개와 판매를 떠나 용서점을 이용하는 독자들을 만나는 공간이 필요했다. 페이스북에 '용서점 사람들'이란 이름으로 그룹을 하나 만들었다. 이제 이곳은 회원들과 소통하는 공간이 될 예정이었다.

당시 가지고 있던 또 하나의 고민은 메신저의 활용이었다. 메신저를 좀 더 사업적으로 활용하고 싶었고, 그래서 택한 채널이 '라인' 메신저였다. 라인은 메신저에 코딩을 해서 자동 응답을 한다거나 하는 서비스를 제공할 수 있었다. 라인 친구를 모으기 시작했고, 곧 40명 정도가 모였지만 생각보다 탄력이 붙지 않았다.

3개월쯤 지났을 때, 카카오에서 '옐로아이디'라는 비즈니스 계정을 '플러스친구'로 바꾼다는 공지가 떴다. 이것이 현재 카카오 채널이다. 무려 만 건의 메시지를 무료로 보낼 수 있다는 내용에 미련 없이 카카오톡으로 옮겨 왔다.

　며칠을 들여다본 후, 플러스친구에서 제공하는 카드뉴스 형식의 메시지에 책 표지를 담아 회원들에게 보냈다. 결과는 대성공이었다. 연일 완판을 달성했다. 이 같은 형식의 도서 제안에 독자들은 좋은 반응을 보내 주었다. 이 카드뉴스 형식의 메시지는 용서점이 첫 일 년을 보내는 데 핵심적인 역할을 했다.

## 12시에 보내는
## 메시지

메시지를 한 번 보낼 때, 보통 40권의 책을 등록해서 보냈다. 만 권 중에서 40권을 고르는 게 관건이었다. 큐레이팅이 필요했다.

'큐레이팅'이라는 단어를 처음 접한 건, 2011년에 다니던 회사에서였다. 갤러리에서나 쓰일 것 같은 이 표현은 점차 여러 영역으로 퍼져 나갔고, 서점들도 너도나도 큐레이팅 서점을 표방했다. 나는 이를 조금 다른 의미로 활용했다. 단순히 독자가 고려할 대상의 숫자를 줄여 준다는 것으로. 즉, 선택은 독자의 영역으로 남겨 두고, 서점은 다만 별로인 책을 걸러내는 정도만 기능하는 것이다. 느슨한 큐레이팅이었다.

한 가지 고민은, 용서점이 보내는 메시지를 스팸으로 여겨 거르는 일을 어떻게 막느냐 하는 것이었다. 책 광고이니 스팸으로 여기는 게 당연하다. 그걸 최소화시키는 게 목표였다. 우선 메시지 전송 시간을 낮 12시로 고정했다. 그리고 마치 점심시간을 알리는 알람처럼 메시지를 포지셔닝 했다. "오늘도 책 구경하시고, 점심 맛있게 드세요" 같은 식이었다. 점심시간은 어디나 대체로 비슷하고, 대부분의 사람들이 잠시나마 여유를 갖는 때라는 계산에서였다. 시작은 좋았다. 이런 류의 메시지가 늘어나면서 그 시간대 자체가 '스팸 메시지 오는 시간'이 되고 말았지만.

스팸의 느낌을 줄이기 위해 메시지를 시리즈로 구성하기도 했다. 한 권의 책에서 밑줄 친 문장들을 나눠서 보낸다거나 하는 식으로. 메시지에 딸린 책 목록을 굳이 보지 않아도, 메시지만으로 약간의 유익을 누릴 수 있다면 성공이라는 생각이었다.

메시지는 기본적으로 카드뉴스 형태로 발행했다.

카드뉴스를 넘기다가 마음에 드는 책을 발견할 경우 댓글로 해당 책의 번호를 남기면 그게 곧 예약이 되는 시스템이었다. 보통은 서가를 거닐며 눈에 띈 책, 소위 필이 꽂힌 책들이 그날의 책으로 당첨됐다. 오히려 이렇게 무작위로 선택된 책들의 구성이 누군가에겐 그 시기에 꼭 필요한 책을 만나는 '세런디피티'가 된다는 걸 깨달았기 때문이다. 실제로, "지금 제 상황에 꼭 필요한 책이었는데 메시지로 받아서 놀랐어요"라는 답을 종종 받았다.

가끔은 독자 편에서 구체적인 큐레이션을 요청해 오기도 했다. 자신의 관심사를 밝히며, 어떤 책부터 봐야 할지 모르겠다는 문의를 남기는 것이다. 이런 문의가 있을 땐 카드 메시지와 별개로 품을 들여 책을 제안했다. 어쩐지 조금 신이 나기도 했다. 책 목록과 간단한 설명을 덧붙여 답을 보내면, 대부분 성공이었다.

"제안해 주신 책들이 좋네요. 모두 주문해 주세요."

이렇게 연결된 독자들은 자연스럽게 용서점의 단골 고객이 되었다.

# 서점 노동자의 덕목

독자는 서점의 손님이다. 그런데 그들의 책에 대한 관심이나 지식수준은 천차만별이다. "올해 들어 처음 책을 사는데요"부터 좋아하는 작가의 책은 모두 가지고 있는 사람까지 정말 다양하다.

"저 이 작가를 주제로 석사 논문을 쓴 사람입니다."

서점에서 일하던 시절, 열심히 책을 설명하다가 손님에게서 이 말을 들은 적이 있다. 설명이 필요하지 않는 독자에게 과도한 친절을 베푼 것이었다. 지금도 그때를 생각하면 얼굴이 화끈거린다. 나는 왜 내가 상대방보다 더 잘 알 거라고 생각했을까?

책이나 저자에 대한 앎의 정도뿐만 아니라 독자가 책을 만나는 방식도 제각각이다. 온라인으로 책의 정보를 찾아보고 구입하는 이가 있는가 하면, 지나가다 우연히 들른 책방에서 단순히 제목이나 표지가 마음에 들어 책을 구입하는 이가 있다. 처음 접하는 주제에 흥미를 갖고 도전하는 사람이 있는가 하면, 특정 장르나 주제에만 집중하는 사람이 있다.

이토록 다양한 독자를 대하기 때문에 서점 노동자가 갖춰야 할 첫 번째 덕목은 책에 관한 지식이 아니라 사람에 대한 지식, 사람에 대한 감각이다. 실제로 서점을 운영하며 독자의 요구에 제대로 대처하지 못해 곤란했던 적이 여러 번 있었다. 위로가 필요해서 '자존감'에 관한 책을 추천해 달라는 손님에게 "자존감은 책을 읽는다고 생기는 게 아닌 것 같아요" 따위의 조언을 한다거나, 앞서 말한 것처럼 전공자 앞에서 쓸데없이 어설픈 지식을 나열한다거나 하는 식으로 말이다.

그런데 다양한 독자에게 각각 적절하게 반응할 수

있는 감각은, 글이나 강의로 배울 수 있는 게 아니라는 게 내 결론이다. 이런저런 시도를 해 보고, 실패의 경험을 쌓아 가는 수밖에 없다. 경험을 해 봐야 친절과 열정이 때로는 독이 될 수도 있다는 걸 알게 된다. 나는 성공과 실패의 경험을 통해, 내 생각이 아닌 상대의 요구에 귀를 기울여야 한다는 것과 내가 아는 것을 상대도 알 수 있다는 것을 알게 됐다. 그런 깨달음을 통해 용서점은 오늘도 '느슨한' 큐레이팅 메시지를 보내고 있다.

# 독자는
# 어디에나 있다


모든 장사가 그렇듯 서점도 시장이 있어야 유지된다. 서점에게 시장은 독자다. 더 정확히 말하자면, 서점은 책을 사서 읽는 독자가 필요하다. 하지만 매해 독자의 수는 꾸준히 줄고 있다. 최근에 한국 성인의 절반이 1년에 단 한 권의 책도 읽지 않는다는 기사를 봤다. 절망적인 이야기다.

서점 일을 하려면 '독자가 있다'는 믿음이 필요하다. 용서점 큐레이팅 메시지를 받아 보는 사람은 9백 명 정도이고, 그동안 한 번이라도 용서점에서 책을 구매한 적이 있는 독자는 이제 곧 3천 명이 된다. 이 숫자는 용서점과 연결된 '책을 좋아하는 사람'의 수로 읽힌다. 실제로 용서점 운영을 받쳐 주는 든든한 지원군들이다. 그런데 저런 숫자가 아니더라도 책 파는 일을 멈출 수 없게 하는 사람들이 있다.

하루는 무려 전라도 광주에서 손님이 찾아왔다. 도대체 전라도 광주에서 덕은동 이 외진 곳까지 왜 찾아온 걸까. 나는 진심으로 궁금했다.

"아니 그 멀리서 찾아오실 곳이 아닌데요."

이후에도 나는 여러 차례, 여러 사람들에게 왜 이곳까지 왔는지 묻곤 했다.


책 보는 사람이 점점 줄고 있다고는 하지만, 여전히 책은 누군가에겐 가장 매력적인 매체다. 책을 통해서만 얻어지는 즐거움이 있기 때문이다. 또 누군가에겐 독서가 유일한 선택지일 수 있다. 실제로 용서점 모임에 나오는 멤버 중 한 분은, 영상을 보는 것이 괴로워서 책 읽는 게 눈으로 갖는 유일한 문화 활동인 분이 있었다. 그 괴로움을 겪어 보지 않은 나는 그 고통을 모르지만, 어쨌든 책이어야만 하는 사람들이 있다는 이야기다.

책방을 하며 몸으로 체득한 사실은, '독자는 어디에나 있다'는 것이다. 물론 여기서 말하는 독자란 용서점을 통한 독자를 뜻하진 않는다. 책방 주인으로서 당장 용서점의 수익이 느는 것보다 중요한 건, 독자의 존재이다. 그런 점에서 독자의 존재를 확인하는 일은 내게 기쁨이다.

얼마 전에는 용서점이 소개된 TV 프로그램을 보고 은평구에 사시는 한 어르신이 방문하셨다. 방문 목적은 격려와 응원. 책방에 들어서자마자 그분은 내 어깨를 두드리며 말씀하셨다.

"힘들죠? 그래도 잘 해 나가고 있어요."

그 따뜻한 말에 울컥 감정이 요동쳤다. 아, 책방 하기를 참 잘했다.

손님이 휴가 버킷리스트 2번에

'용서점 방문하기'가 쓰여 있는 메모를 보여 줬다.

자꾸 이렇게 사랑의 빚을 진다.

## "서가를 비워야
합니다"

용서점이 초기에 밀었던 메시지가 있다. "여러분의 서가에 책이 너무 많습니다." 그게 문제라는 의미의 메시지였다. 아니 책 좋아하는 사람에게 책이 많은 거야 당연한 일인데 그게 왜 문제가 되냐고 반문하는 이들이 꽤 있었다. 그런데 내 경험에 비춰 보면, 또 주변의 책 좀 본다 하는 애서가들을 봐도, 책 욕심을 주체하지 못해서 결국 사단이 나는 경우가 많았다. 솔직히 서가의 책들은 독자의 지식수준을 보여 주기보다는 독자의 책 욕심을 보여 준다. 대부분이 그렇다.

많은 사람들이 용서점에 책 정리를 물어봤다. "책 정리는 어떻게 하는 게 좋은가요?" "몇 권의 책을 남기면 될까요?" 의외로 책이 많아 고민하는 사람들이 많았다. 특히 부모님이나 지인으로부터 책을 물려받은 경우 고민은 더 컸다. 책마다 사연과 의미가 있어 도저히 버릴 수가 없는 것이다. 그리고 결정적으로, 언젠가는 그 책을 찾게 될 것 같은 마음이 책 정리를 방해했다.

용서점의 제안은 아주 단순했다.

"최근 1년 사이에 펼쳐 보지 않았다면 아마 이후로도 보지 않을 확률이 큽니다. 실제로 두고 볼 책을 먼저 골라내세요. 그리고 그 책을 제외한 나머지 책들은 서가에서 빼면 됩니다."

서가 정리를 요청받고 많은 이들의 집을 방문했다. 책을 정리한다는 명목하에 독자의 서가를 구경하는 재미가 쏠쏠했다. 덕은동 시절의 매력적인 업무 중 하나였다.

서가에 꽂힌 책을 보면 어느 정도 그 사람이 보인다. 어떤 일을 하는지, 무엇에 관심이 있는지, 삶의 고민이 무엇인지 등. 그런데 기존에 서가에 꽂혀 있던 책도 독자에 대해 이야기해 주지만, 그중에 고르고 골라 결국 남겨진 책들엔 주인에 대한 훨씬 많은 힌트가 담기곤 했다. 끝까지 남는 책이 결국 '지금의 나'를 말해 주는 셈이다.

여기서 한 가지 수줍은 고백을 하자면, 내 방에는 책들이 넘쳐난다. 이런 게 바로 '내로남불'인가 싶다.

# 서가를
# 정리한다는 것

오랫동안 알고 지내던 지인이 퇴사를 했다. 하는 일은 출판 영업이었지만, 늘 다른 꿈을 꾸던 사람이었다. 사진을 찍는다거나 하는. 결국 그는 하던 일을 그만두고, 전혀 다른 일을 시작했다. 한동안 연락이 닿지 않았는데, 또 다른 지인을 통해 그가 서가를 정리하고 싶어 한다는 이야기를 들었다.

"서가를 정리하려 하신단 얘기를 들었어요. 용서점 통해서 하시면 어때요?"

오랜만에 연락해서 이런 이야기라니 싶었지만, 그

는 내 뻔뻔한 제안을 흔쾌히 수락했다.

그의 거실은 한 면이 책장으로 되어 있었고, 거기엔 얼핏 봐도 천 권이 넘는 책들이 빽빽하게 꽂혀 있었다. 가져간 십수 개의 이사 박스가 부족할 정도의 양이었다. 대다수는 경영 관련 서적과 마케팅 관련 서적이었고, 인문, 철학 관련 서적도 상당했다. 깨끗하게 잘 보존된 걸 보면 아마도 업무를 위해 참고 서적으로 주문한 게 아닐까 싶었다.

"이 중에 얼마나 정리할 생각이세요?"

"전부 다요. 제가 쓸 책은 따로 빼놓았어요."

더 이상 본인이 하는 일과 상관이 없어서인지 그는 책에 아무런 미련이 없어 보였다.

정보를 담고 있는 새로운 매체들이 많이 등장했지만 여전히 책은 가장 신뢰할 수 있는 매체이다. 적어도 직무와 관련해서는 책처럼 든든하고 믿을 만한 자료가 없다. 익숙해져야 하는 낯선 무언가를 만났을 때, 더 깊고 높은 수준의 배움이 필요할 때 대부분의 사람들이 책을 찾는다. 그래서 우리의 서재엔, 내 취향이나 취미와는 상관없는 책들이 놓일 때가 많다. 한마디로 살기 위해 읽기도 하는 것이다.

지인이 서가의 책들을 뽑아내는 모습을 보는데, 괜히 내가 후련했다. 꽤 오랜 시간 그곳에 있었을 책들을 지체 없이 옮기는 그의 손에서 단호함이 보였다. 오래 짊어지고 있던 짐을 내려놓고 이제는 자유를 얻고 싶은 마음이 느껴졌다면 지나친 감상일까.

텅 빈 서가를 바라보며, 앞으로 꽂힐 책들은 부디 그가 바라고 꿈꾸는 일과 관련된 것이면 좋겠다고 잠시 빌었다.

# 오래된
# 책

내가 소장했던 책들은 누구나 쉽게 구할 수 있는 책들이라 오래될수록 가치가 높아지는 중고책이라든가 희귀본 같은 것엔 생각이 미치지 않았다. 그러다가 용서점 초창기에 2만 권 중에 2천 권을 고르는 과정에서 중고책의 새로운 가치에 눈을 뜨게 되었다. 이를테면 이런 책들이다. 유희열 삽화집(5만원), 이성복 초판본(20만원), 친일문학론(가격 매길 수 없음), 김대중 옥중서신 친필 사인본(가격 매길 수 없음), 고정희 친필 사인본(가격 매길 수 없음), 뿌리깊은 나무 잡지(3~5만원).

그런데 이런 책들은 특정 사람들에게만 의미가 있다. 책을 읽지 않거나, 그 책에 의미를 부여하지 않는 이에겐 그저 냄새 나는 오래된 책일 뿐이다. 좀 더 현실적으로 말하자면, 폐지.

서점 오픈 행사 때 찾아와 준 손님들에게 감사해서, 충동적으로 고서적 중 세 권을 선물로 풀었다. 그중에는 무려 이성복 초판본도 있었는데, 그걸 받은 이의 표정이 그리 밝지 않았다.

"이게 좋은 책이에요?"

속으로 얼마나 후회를 했는지 모른다.

그 후로는 고서적을 다루는 데 더욱 신중하게 됐다. 때로는 돈을 받고 팔기보다 가치를 알아보는 사람에게 선물하는 게 더 기뻤다. 얼마를 받아야 할지 계산하는 게 더 어려운 일이기도 했으니.

올해 초 용서점이 TV에서 소개됐을 때, 진열용으로 남겨 두었던 고서적들에 즉각적으로 반응하는 사람들이 있었다. 특히 옥중서신은, 방송 후 많은 사람들이 판매 여부를 물어왔다. 집안의 가보로 삼겠다고 연락해 온 분도 있었다.

　헌책방이 단지 책을 저렴하게 판매하는 기능만 하는 게 아니라는 걸 그때 알았다. 책의 가치를 발견하고, 그 가치에 값을 매기고, 그 가치를 보존하는 역할까지 하는 게 헌책방이다. 요즘은 희귀본들도 온라인으로 가격 비교가 가능하다. 그러다 보니 최저가 경쟁이 붙고, 일부에선 가치에 비해 말도 안 되는 헐값에 거래되기도 한다. 팔아야 하는 사람에게는 분명 사정이 있을 것이고, 책의 가치를 알면서도 최저가를 찾아 헤매는 이들의 마음도 전혀 이해가 되지 않는 것은 아니다. 그래도 어쩐지 마음이 아프다.

## 달콤했던
## 시간들


덕은동 용서점에서의 시간은 책방 주인을 꿈꾸는 사람들이 으레 상상하는 모습을 어느 정도 구현해 낸 시간이었다.

당시 내 하루 일과는 이랬다. 아침 9시에 출근. 오전에 간단히 청소를 하고 그날의 택배 발송 건과 오전 방문 예약 손님 여부를 확인한다. 오전 업무를 마치면 근처 식당에서 점심을 먹고, 식사 후에는 서점 인근 뒷산으로 소화를 시킬 겸 산책을 간다. 돌아와서 2시까지 이런저런 일들을 처리하고, 30분 동안 낮잠을 잔다. 오후에 방문하는 손님이 있으면 접대를 하고, 손님이 없는 날엔 출판사와 서점, 독자를 잇는 일을 구상하다가 6시에는 퇴근. 업무나 사람 관계로 인한 스트레스도 없고, 읽고 싶은 책도 맘껏 보며 여유롭게 시간을 누렸다. 책방은 모름지기 이래야 한다고 생각했다.

그런 여유로움이 있었기에 학교를 마치고 서점에 들르는 중학생 민수와 좋은 시간을 보낼 수 있었다. 같이 탁구를 치고, 사춘기 소년의 학교생활 이야기를 들어 주었다. 책을 판매하는 데는 전혀 도움이 되지 않는 손님이었지만, 그와 보내는 시간이 조금도 아깝지 않았다. 돈은 많지 않았지만 시간과 마음만큼은 넉넉한 사람, 그게 나였다. 책방 주인이라면 모름지기 그 정도 매력은 있어야 하는 게 아닌가.


서점을 하려는 사람들이 대부분 이런 일상을 상상한다. 무언가에 쫓기는 일 없고, 좋아하는 책 실컷 읽고, 자유롭게 시간을 사용하는 여유로운 일상. 한마디로 한량 같은 삶이다. 그러나 책방을 운영하는 사람으로서 지인이 서점을 차린다고 하면 마냥 달콤한 이야기만 할 수는 없는 게 사실이다. 책을 팔아 먹고사는 게 꿈처럼 낭만적이지만은 않기 때문이다. 해 보니 정말 그렇다. 하지만 책방 주인을 꿈꾸는 이들에게 서점은, 이미 그 자체로 의미를 가진다는 것을 나는 안다. 가끔은 꿈 자체가 살아가는 힘이 되니 말이다. 현실과 조금은 동떨어진다 해도 서점에 대한 이 같은 로망마저 없다면 대체 누가 서점을 시작할 수 있을까.

그런 의미에서 덕은동에서의 여유롭던 날들은 지금도 내게 큰 힘이 된다. 나는 더 바빠지고, 더 열심히 일하기 위해 서점을 시작한 게 아니었다. 책과 더불어 좀 더 여유롭게 시간을 보내고 책을 매개로 사람을 만나려는 게 서점을 시작하게 된 가장 큰 이유였다. 그 마음은 지금도 변함이 없다. 비록 현실의 벽을 넘기 위해 누구보다 오래 일하고 또 이런저런 일들을 도모하고 있지만, 내가 지향하는 서점인의 삶은 덕은동 시절을 향해 있다.

그때 매일 만나 대화를 나누던 민수는 잘 지내는지 궁금하다. 내가 만일 그 자리를 더 지켰다면 지금쯤

민수와는 어떤 관계가 되어 있을까? 참 좋았던 시절,
유일하게 아쉽게 기억되는 일이다.

# 땅 짚고
# 헤엄치다가…

　'순풍에 돛 단듯'이란 표현 그대로 모든 게 술술 풀리던 시절이었다. 시작부터 그랬다. 넓은 공간을 선물받고, 누군가는 책을 감당하지 못해 흘려보내고, 용서점은 그 책을 다시 필요한 이들에게 적정한 가격을 매겨 판매하고. 게다가 온라인으로 주문을 받고 우편으로 발송하다 보니 사람 때문에 받는 스트레스도 거의 없었다. 시간은 많고 에너지는 넘치니 출판에 관한 다양한 기획을 세워 보고, 그에 따른 실험들을 실행하기에도 좋았다.

"그러니까 땅 짚고 헤엄치는 사람은 하나만 조심하면 돼요. 팔만 안 부러지면 되는 거지."

그 시절, 지인들을 만나면 농담처럼 말하곤 했다. 과연 어떤 일이 '팔이 부러지는 것'에 해당할지에 대한 생각이나 그에 따른 대비 같은 건 없었다. 사실 나는 덕은동의 그 평온한 시간이 꽤 오랫동안 이어질 줄 알았다. 팔이 부러질 만한 위험 요소가 딱히 보이지 않았기 때문이다.

서점을 연 지 9개월째가 되었고, 늘 그렇듯 여유롭게 땅을 짚고 헤엄을 쳤다. 그러던 어느 날, 갑자기 팔이 부러졌다. 어머니가 쓰러지신 것이다.

어머니는 망원동에서 '용국수'라는 작은 국숫집을 운영하셨다. 2년째에 접어들었을 때 망원동의 월세는 두 배로 올랐고, 결국 하던 가게를 넘기고 합정으로 자리를 옮겨 절반으로 줄어든 공간에 새로 가게를 꾸렸다. 그 과정에서 무리를 하신 걸까. 오픈한 지 일주일이 되던 아침, 어머니는 뇌경색으로 쓰러지셨다.

한순간에 모든 것이 멈췄다. 아니, 모든 것이 뒤집

어졌다. 갑자기 닥친 상황에 당황할 새도 없이 새로운
일상에 적응을 해야 했다. 병원에서 먹고 자며 4개월
을 보냈고, 그러는 동안 서점은 문을 닫았다.

서점의 존폐를 고민해야 하는 시점이었다.

## 그만두지 마

다시 일자리를 알아보기 시작했다. 돈 때문이었다. 어머니가 큰 수술을 받으시진 않았지만, 월 수백만 원씩 나오는 병원비를 용서점 매출로는 감당할 수 없었다. 월급의 전부를 병원비로 사용하게 되더라도 안정적인 수입이 필요했다. 무엇보다 방치된 채로 있는 용서점을 보며, 더 늦으면 아예 감당할 수 없게 될 것 같은 불안감이 몰려왔다. 선택이 필요한 시점이었다.

어머니께 현재 사정을 솔직하게 말씀드리고 취직

자리를 알아보겠다고 했다. 그런데 어머니는 단호하게 말씀하셨다.

"그만두지 마."

그냥 하시는 말씀이 아니었다. 어머니의 완강함에 나는 포기하려던 마음을 접고 방법을 찾아보기로 했다. 우선 서점을 옮겨야 했다. 거리상 집, 서점, 병원을 오가는 건 무리였기 때문이다. 동선이 짧은 곳을 찾는 게 급선무였다.

막상 이사를 하려고 하니 눈앞이 캄캄했다. 지금의 형편에 맞는 공간을 찾는 것도 일이었지만, 기존의 서점을 비우는 게 더 큰 문제였다. 과연 이 많은 책이 들어갈 장소가 있을까. 보기만 해도 마음을 푸근하게 해주던 책들이 이제는 반드시 해결해야 할 과제가 되어 있었다. 덕은동 서점만큼 큰 공간을 운영할 수는 없었다. 결국 따로 창고를 구해야 한다는 이야기였다.

어디로 가야 할지 막막하기만 한 그때, 문득 서점을 열기 직전에 다녀온 자전거 여행이 떠올랐다. 백두산의 칠도구 폭포를 찾아가는 여정이었는데 산 속에서 신나게 달리다가 그만 진창에 빠지고 말았다. 체인에 진흙이 엉겨 붙어 페달이 돌아가지 않았다. 제대로 서지도 못해 자전거는 진창에 박혔고, 덕분에 내 걸음도 멈췄다. 당황한 상태로 한참을 머물러 있었다.

다행히 진창 아래쪽으로 시냇물이 흘렀고, 물통 2개에 물을 담아 진흙으로 엉망이 된 체인을 씻어냈다. 그렇게 한동안 씨름한 끝에 진창에서 빠져나올 수 있었다. 비록 브레이크 한쪽은 고장이 나고 바퀴 상태도 말이 아니었지만, 어쨌든 다시 움직일 수 있어서 참 다행이라고 여겼다.

삶도 마찬가지란 생각이 들었다. 최악이라고 생각되는 순간에도 늘 피할 길은 있었다. 포기하지 않고 계속 가다 보면 어떻게든 길은 연결되니까. 그렇게 스스로를 다독이며 새로운 용서점의 시작을 주변에 알렸다. 그 즈음 '책팔아 이사'라는 행사를 했다. 이름이 곧 내용이자 취지인 행사였다. "책 팔아서 이사를 갑니다."

끝이 보이지 않는 길을 걷는 건 힘들다.

그래도 길 위에 선 이상 계속 가는 수밖에 없다.

# 이것은
# 운명인가

집과 일터와 어머니 병원을 최대한 한 번에 이을 수 있는 지역이 필요했다. 역시 가장 큰 문제는 돈이었다. 원래 살던 서울집의 주거비로 집과 서점을 다 구하려면 서울 밖으로 나가야 했다. 그러면서도 서울의 의료 서비스를 받을 수 있는 곳. 역곡은 서울과 인접해 있으면서, 서울보다 저렴한 지역이었다.

원래 뭐든 한번 꽂히면 바로 밀어붙이는 성격이라, 첫 번째 부동산에서 가장 처음 보여 준 곳으로 정하려는 마음이었다. 도로가에 있었고, 곧 재개발을 앞둔 허름한 건물의 상가였다. 어머니를 돌보는 게 우선이었기에 동선과 비용만 맞으면 공간이나 위치는 크게 중요하지 않았다. 그런데 계약을 하러 간 자리에서 건물주가 계속 불합리한 것을 요구했다. 계약을 1년 단위로 해야 한다든지, 나가라고 하면 군말 없이 나가라든지. 거기까지는 받아 줄 생각이었는데, 연금 수령을 이유로 이면 계약을 요구하는 건 도저히 받아들일 수가 없었다. 그렇게 첫 번째 장소는 탈락.

이후 제안받은 몇 군데는 도무지 마음에 들지 않아 거절을 거듭하다가, 현재 자리를 발견했다. 20년 넘게 세탁소가 있던 자리였는데, 가게 주인의 사정으로 급하게 빼야 하는 곳이었다. 다른 곳들과 비교해서 월등히 좋은 조건이었기에 망설일 이유가 없었다. 그동안 본 가게들에는 없던 화장실과 작은 방이 포함되어 있었고, 천장이 높았다. 무엇보다 마음에 들었던 건 인격적으로 사람을 대하는 건물주 아주머니였다. 사람은 살아온 흔적이 얼굴에 남는다는데, 그건 진리인 듯하다. 앞에 만났던 얼굴들과는 너무 다른 인상이었다.

계약을 하고 나서야 근처에 재래시장이 있다는 것을 알게 됐다. 얼마나 반가웠는지 모른다. 전에 살던 동네에도 시장이 인접해 있었는데, 나는 일부러 시장을 통과해 출퇴근을 할 정도로 시장을 좋아했다. 시장 상인들이 뿜어내는 삶의 에너지가 좋았다. 그들의 정직한 노동을 보고 있으면 내 가슴도 뜨겁게 뛰었다. 그런데 급하게 터를 잡게 된 새로운 동네에 망원시장 못지않게 활성화된 시장이 있을 줄이야. 희망 지역, 입주 조건 등을 적고 하나씩 체크하며 찬찬히 고른 동네가 아닌데 재래시장이라니, 왠지 자꾸 '운명'이란 단어가 떠올랐다.

## 2부

# 이상한 동네,
# 수상한 사람들

인복이 많다는 얘기를 종종 듣는다.
청소년 시절에는 좋은 선배들이 있었
고, 성인이 돼서는 삶의 중요한 순간마
다 힘을 나눠 주는 고마운 사람들이
곁에 있었다. 역곡에 와서도 결정적인
순간에 힘이 되었던 건, 사람이었다.

낮 12시,
책방 문을 엽니다

# 역곡동
# 용서점입니다

역곡에서도 덕은동에서처럼 온라인 판매 위주로 서점을 운영할 생각이었다. 다만, 공간의 넓이가 달라진 게 변수였다. 덕은동은 무려 만 권이 들어가는 창고형 매장이었다. 책을 사기 위해 매장을 찾아오는 손님은 고려하지 않는, 철저히 배송 중심의 매장. 하지만 역곡동은 크기가 작아 일단 창고의 역할을 할 수는 없었다. 이 공간에 맞는 새로운 콘셉트가 필요했다.

문득 예전에 봤던 어느 일본 서점이 떠올랐다. 간

판에는 '올드 & 뉴 셀렉트 샵'이라고 쓰여 있었다. 이 거다 싶었다. 중고책만 팔다 보니 수익을 떠나 재미가 없었다. 새로 나온 책을 먼저 읽어 보고 소개하는 맛이 나름 큰데, 그동안 그걸 하지 못한 것이다. 나는 이 작은 공간을 중고책과 신간이 함께하는 쇼룸으로 만들고 싶었다.

어떤 책을 구비하느냐가 관건이었다. 만 권의 책에서 서점에 들일 책을 선별해야 했다. 다행히 서점 근처에 창고를 구할 수 있어서 일단 책을 정리한 후 필요한 책을 챙겨서 서점에 놓기로 했다.

너무 많이 달라지는 것 아니냐고 염려하는 이들도 있었다. 하지만 나는 이 변화가 썩 마음에 들었다. 이 왕 바꿔야 한다면 확실하게 변화를 주고 싶었다. 어차피 모든 선택은 불안을 안고 있는 도전이다.

서점 이름은 바꾸지 않기로 했다. 사실 역곡동 서점 오픈을 준비하며 가장 많이 고민한 건 이름이었다. 함께 인테리어 작업을 한 후배는 '용서점'만 아니면 된다고 했다. '책으로 가는 길', '책방 서로', 중의적인 이름인 'Y 북스' 등 약 50개가 넘는 이름이 후보에 올랐지만 내 마음에 들어온 건 결국 '용서점'이었다. 그래서 지역명만 바꿔서 '역곡동 용서점'이 되었다.

이미 익숙해졌다는 게 바꾸지 못한 가장 큰 이유인데, 후에 많은 사람들이 용서점을 '용서, 점'으로 읽는 바람에 졸지에 '용서하기 좋은 공간'으로 알려지기도 했다. 의도한 것은 아니지만 기억하기에 좋은 이름이었다. 용서점 특유의 "용"으로 끝나는 멘트와 모임들의 이름도 책방 이름에서 나온 것이다. '용'에는 어떤 동사를 갖다 붙여도 의미가 통한다. 써용, 그려용, 봐용, 먹어용, 만나용…. 노린 것은 아니지만 확장성이 매우 좋은 이름이었다. 그러니까 나는 이 이름이 꽤 마음에 든다는 이야기다.

## 공간을 대하는
## 마음가짐

주말에는 오픈 준비를 했다. 몸만 들어가면 됐던 덕은동과는 달리, 이번엔 공간을 아예 새로 꾸며야 했기에 할 일이 많았다.

용서점 공간을 꾸미며 꼭 가져가고 싶은 몇 가지 요소가 있었다.

1. 조명은 어둡게. 우리는 너무 밝은 빛 아래 산다.
2. 서가 옆방은 개인 공간처럼. 누구나 자기만의 방이 필요하다.

3. 책은 적당히. 한 권의 책이라도 누군가에게 뜻 깊은 만남이 되는 게 중요하다. 또 헌책이 많아 금세 지저분해지기 쉬우니, 조심.

4. 싱크대. 먹고 놀기 위한 최소한의 도구이자 서점의 확장성 확보. 싱크대 있고 없고가 큰 차이를 만든다.

5. 서점 밖 입구 활용. 절대 버리는 공간이 되게 하지 말 것. 일단 특가 매대를 설치하자.


방을 개조하는 목공 공사와 내부 전기 공사 외에는 전부 직접 했다. 구석구석 살펴보고, 궁리하고, 손과 발을 움직였다. 싱크대 위치를 잡고 화장실 세면대를 조립하고 배관을 빼서 새로 연결하고 바닥을 갈아 엎고 벽지를 긁어내고…. 벽이며, 문이며, 손잡이며 내 손이 닿지 않은 곳이 없었다. 조명 하나를 고르는 데도 엄청 공을 들였다. 물론 돈도 들였다.

이렇게 하나하나 만들어 간 공간을 어떻게 애정하지 않을 수 있을까. 공간을 대하는 마음가짐이 남다를 수밖에 없었다. 내 마음대로 쓸 수 있는 나만의 공간이 생긴다는 게 이렇게 매력적인 일이라는 걸 그 전엔 미처 몰랐다. 공간을 꾸민다는 건 단순히 예쁘냐 아니냐의 문제가 아니라는 것, 그리고 공간은 주인의 취향과 가치가 담기게 마련이라는 걸 알게 됐다.

다행히 이 끝이 보이지 않는 노동을 돕는 이가 있었다. 후배는 주말이면 서점으로 와서 나와 함께 공간을 만들어 나갔다. 마치 자기 일처럼 헌신적으로 도왔다. 모든 일이 그렇듯 보이지 않는 곳에서 제 역할을 감당하는 사람들이 있기에 일이 이루어진다. 아주 작은 것 하나를 완성하기 위해서도 준비하는 이들이 들이는 시간과 노력은 엄청나다. 사람들에게 보이는 건 결과물이지만.

역곡동 용서점은 그렇게 고됨과 뿌듯함 속에서 완성됐다.

## 응답하라
## 역곡


"나도 역곡에서 살고 싶어요."

용서점에서 일어나는 일들을 말하면, 지인들은 종종 역곡에서 살고 싶다는 바람을 들려준다. 지인 사이에 하는 격려 비슷한 말이라는 걸 알면서도 썩 기분이 좋다. 이제 2년밖에 되지 않았지만 '나는 역곡 사람'이라는 자의식이 생겼나 보다.

모임에 참석하는 한 멤버가 곧 결혼을 앞두고 있는데, 신혼집으로 역곡, 구체적으로 용서점 인근에서 살고 싶다는 의사를 밝혔다. 좋은 사람들이 이웃이 되어 함께 살아가는 건 예전부터 꿈꾸던 일이다. 그게 역곡이 될 줄은 꿈에도 몰랐지만.

부천은 알지만 역곡은 잘 모르고, 역곡을 들어는 봤지만 와 본 적은 없는 사람들이 많다. 서울과의 경계에 위치한다고 말하면 그제야 사람들은 지하철 노선도나 지도 앱을 확인하며, "그러네, 가깝네" 하곤 한다. 그러니까 많은 이들이 역곡을 멀고 먼 곳으로 생각한다는 이야기다.

역곡의 옛 이름은 '역마골'로, 조선시대 때 40리마다 세워져 있던 역원(驛院)이 근처에 있었던 것으로 추정된다. 동네 외곽에는 왕복 한 시간이면 오르내릴 수 있는 야트막한 산이 있는데, 아마 그 산자락을 따라 사람들이 마을을 이루고 살았던 모양이다. 지금도 옛 모습이 남아 있어서, 5분만 걸어 나가면 마치 시골에 온 듯한 풍경을 마주할 수 있다. 그래서일까. 사람들의 인심이 요즘 같지 않다.

용서점 공사를 할 때, 가게 앞을 지나던 사람들이 문을 빼꼼 열고 "여기 뭐 만들어요?"라고 묻곤 했다.

동네에 새 가게가 생기니 궁금할 수 있겠거니 했는데, 웬걸, 먹을 걸 챙겨 주기 시작했다. 급기야 "서점 한다면서요? 이 동네에 이런 걸 만들어 줘서 고마워요"라는 인사를 들었을 땐, '이 동네 좀 이상한데?'라는 생각이 들었다.

비슷한 시기에 인문학 카페를 연 선배와 이야기를 나누면서 약간의 힌트를 얻었다. 이 동네가 워낙 서울로 나가기 좋은 위치다 보니(직행 전철을 타고 신도림까지 15분 내외), 많은 사람들이 대부분의 일은 서울로 가서 한다는 것이었다. 먹는 것도, 노는 것도, 강좌를 듣는 것도. 정작 동네에서 할 수 있는 건 많지 않았다. 다들 밖으로 나가는 와중에 동네에 뭔가 새로운 공간이 만들어진다는 게, 그래서 좀 더 특별하게 느껴진 게 아닐까 짐작했다.

치밀하게 준비해서 고른 동네도 아니고, 동네 사람들과 무언가 해 볼 생각이 있었던 것도 아닌데, 막상 와서 보니 이 사람들과 뭔가 해 볼 수 있겠구나 하는 예감이 들었다.

## 오후 다섯 시에
## 문 여는 서점

역곡으로 자리를 옮긴 후 정한 오픈 시간은 오후 5시였다. 동생과 2교대로 어머니를 간병하고 있었는데, 그때가 서점에 올 수 있는 가장 빠른 시간이었다. 5시부터 10시까지 운영을 하다 보니 책방 주인이 공무원이라느니, 차가 뭔지 보고 오라느니 하는 말들이 들려왔다.

'5 to 10'도 지키지 못하는 날이 많았다. 문을 여는 시간은 들쑥날쑥했고, 아예 문을 열지 못하는 날도 있었다. 장사는 성실이 생명임을 알지만 그 기본을 지킬 수 없는 상황이었다. 나는 내 상황을 동네 이웃에게, 용서점을 찾아온 손님에게 솔직하게 이야기했다.

"어머니가 아프세요. 그래서 제가 불규칙하게 문을 열고, 또 닫혀 있을 때도 많아요."

물론 이런 내 사정을 외부에서 오는 이들이 알 리는 없었다. 가끔 헛걸음한 이들이 아무 설명 없이 별점 테러를 하면, 조금 우울했던 것이 사실이다. 운영의 기본을 지키지 못한 내 잘못이니 할 말은 없었지만. 지금 생각하면, 문 안 닫고 유지된 게 마냥 신기하다.


그런 와중에 하나둘 단골손님들은 늘어갔다. 4월 가오픈 때 만난 령 님을 중심으로 '페미스북'이라는 독서 모임을 시작했다. 가벼운 대화가 계기가 되어 만들어진 모임이었다. 2016년 강남역 살인사건을 계기로 페미니즘이 뜨거운 이슈로 자리 잡은 지 2년밖에 되지 않았던 때라 나도 꽤 관심이 있던 주제였다. 페이스북 화면을 패러디한 포스터를 만들어 사람들에게 알렸고, 생각보다 많은 이들이 신청을 했다.

나이도, 직업도, 페미니즘에 대한 이해도 모두 제

각각인 8명의 멤버가 모였다. 공통점이라면 멤버 전원이 동네 이웃이라는 것이었다. 집에 돌아가는 것에 대한 부담이 없으니 충분한 나눔이 이루어졌다. 저녁 7시에 시작한 모임은 11시를 훌쩍 넘겨서 끝날 때가 많았다. 주제가 주제인 만큼 이성이 하는 이야기에 귀를 기울였고, 솔직한 대화들이 이어졌다. 단순한 이론이지만, 어떤 이야기는 충분한 시간을 들여야만 제대로 나눌 수 있다. 그런 점에서 페미스북은 참 유익한 시간이었다.

하루는 오전에도 모임이 있으면 좋겠다는 이야기가 나왔다. 내 사정을 알던 그들은 자기들이 서점 문을 열고 있으면 어떻겠냐고 제안했고, 나는 두말없이 열쇠를 넘겼다. 그렇게 "북모닝"이라는 오전 모임이 생겼다.

오전 10시에 만나서 12시까지 독서 모임을 갖고, 점심을 먹은 후에 자유롭게 독서를 하다가 헤어지는 모임이었다. 어떤 날은 내가 출근하는 오후 5시까지 서점을 지키기도 했다. 손님이 오면 책을 팔고, 나 대신 용서점 소개를 해 주었다. 자기들끼리 인스타 계정을 만들고, 거기에 북모닝 홍보 영상을 올리기도 했다. 병원과 서점을 오가는 책방 주인을 돕고 싶었던 그들의 마음을 내가 왜 모를까. 굳이 그 시간에 독서 모임을 만들 이유가 딱히 없었는데, 조금이라도 서점을 일찍 열어서 좀 더 많은 사람들이 찾아올 수 있게 하려는 의도였다는 걸 나는 알고 있었다.

6월에 시작된 북모닝은 그렇게 여름 한철 뜨겁고 시원하게 서점을 지켜 주었다.

책방 주인과 손님으로 만났지만,

오래오래 동행하는 동무로 남고 싶다.

이런 욕심은 품어도 괜찮겠지.

# 힘 빼기
## 작업

초기 용서점 서가는 내 개인적인 취향이 전적으로 반영되어 있었다. 대부분 인문·사회학 도서로 채워져 있었고, 한편에는 종교 관련 서적들이 있었다. 그래서일까. 처음 온 손님들이 서가를 둘러보고 자주 물어본 건 "여기 종교서점인가요?"였다. 종교서적 수가 많지 않다고 생각했는데, 그만큼도 다른 이들에게는 크게 느껴진다는 걸 알게 됐다.

어느 날 저녁, 시장에서 장을 보고 돌아가던 60대

아주머니가 서점에 들어오셨다. 애서가의 포스를 뿜어내시던 아주머니는 서가를 쭉 둘러보시더니 애정 어린 조언을 해 주셨다.

"책들이 너무 어렵네. 나 같은 사람이 편하게 볼 수 있는 책도 좀 있으면 좋을 텐데요."

아차 싶었다. 아무리 책의 양이 많지 않다고 해도 책 좋아하는 이가 몇 번이나 둘러보고도 보고 싶은 책이 없다는 건 문제가 아닌가. 주로 어떤 책을 보시는지, 서점에 어떤 책들이 있으면 좋겠는지 구체적으로 여쭤 봤다. 아주머니는 자기 또래 사람들이 어떤 책에 관심이 있는지, 왜 사람들이 서점 문을 열고 들어오기를 부담스러워하는지에 대해 이야기해 주셨다. 책 좋아하는 사람으로서 여기가 오래오래 자리를 지켜 줬으면 좋겠다는 바람이자 덕담도 보태셨다.

이 만남은 서점 운영에, 정확히는 서가의 구성을 결정하는 데 큰 영향을 미쳤다. 이후 나는 '서점은 누구를 위해 존재하는가. 서가의 책들은 누구 보기에 좋아야 하는가' 같은 본질적인 질문을 다시 던지기 시작했다. 물론 서점이 오로지 독자의 눈높이에 맞춰 존재할 수는 없다. 베스트셀러만 진열하고 싶지도 않다. 그럼에도, 첫째는 독자가 와서 이용할 수 있는 곳이어야 한다는 게 내 생각이다. 그렇지 않다면 서점이 여기에 있을 이유가 없다.

그 후로 용서점의 서가를 채우는 책들에서 최대한 힘을 빼려고 노력했다. 은연중에 드러나는 내 취향을 걷어내는 작업을 하며, 쉽게 읽을 수 있고 폭넓게 사랑받고 있는 책들을 찾았다. 시리즈물에도 관심을 가졌다. 서점에 '아무튼 시리즈', '쏜살문고', 출판사 '유유'의 책 등 독자 친화적인 책들이 늘어나는 것이 그 증거다.

# 한 권에
# 천 원!

올해 초 방영된 EBS 프로그램 〈발견의 기쁨 동네
책방〉에서 용서점은 작가님들의 "어, 여기 천 원 코너
가 있어요!"라는 놀람과 함께 등장한다. 맞다. 용서점
에는 천 원 코너가 있다.

인테리어 공사를 할 때부터 서점의 입구, 그러니까
서점 앞 골목에 무언가를 놓고 싶었다. 어쩌면 서점에
들어오기 전에 만나는 용서점의 얼굴이 될 수도 있었
다. '올드 & 뉴 셀렉트 샵'의 입구에서 힌트를 얻었다.
거기엔 '100엔 코너'가 있었고, 동네 사람들이 빙 둘러

서 보물을 찾듯 책을 살피는 장면은 꽤 인상적이었다.

책에 관심이 없던 사람도 책 한 권이 단돈 천 원이라면 한번 기웃거려 보게 된다. 마음을 끄는 표지나 제목을 만나면 횡재한 기분마저 든다. 막상 구입해서 읽어 보니 별로라고 해도 크게 속 쓰리지 않다. 천 원이니까. 그런데 책이 마음에 든다? 그럼 그 책이 출발점이 될 수도 있다. 그 책을 시작으로 어디까지 가게 될지는 아무도 모르는 일이다.

또 골목에 놓인 특가 서적들은, '역곡동 용서점'이라고 적힌 간판보다도 이곳이 서점임을 알리는 훨씬 효과적인 장치가 된다. 이건 어디까지나 용서점이 1층에 있고 시장 초입 골목에 위치한 덕이기도 하다. 서점이 2층에 위치했다면, 온라인 거래만 했다면, 이곳이 아무도 찾지 않는 골목 끝이라면 시도할 생각조차 하지 않았을 일이다.

그런데 이 특가 매대가 의외의 역할을 하기도 했다. 서가의 책들을 정리해 보내 주는 분들이 생긴 것이다. 한마디로 동네 사람들이 책을 기부하는 통로가 된 것이다. 그냥 버릴 수도 있지만 책이 폐지가 되는 게 아깝고, 책에게 다시 기회를 주고 싶어 하는 독자들이 꽤 많았다. 비워진 서가는 분명 또 다른 책들로 채워지게 될 것이다. 내어 놓을 수 있어서 좋고, 다시 채울 수 있어서 좋은, 좋고 좋은 일이다.

서점에 오래 머물다 보면 특가 매대를 애용하는 사람들이 눈에 들어온다. 말하자면 이 코너의 강자들이다. 이들은 매일 서점 앞을 오가며 꼭 특가 매대 앞에서 멈춰 선다. 모습도, 책을 사는 이유도 각기 다르지만 책을 정말 좋아한다는 공통점을 가진, 책방 주인만 아는 그룹이다.

오전 10시가 되면 등산복 차림으로 배낭을 짊어지고 오시는 분이 있다. 최근 등장한 강자로, 다양한 주제의 책을 읽으신다. 하루 일과를 마치고 밤 11시 정각에 서점 앞을 지나시는 아주머니도 있다. 늦게까지 문을 열어 놓고 있는 날엔 어김없이 특가 코너에서 책을 보시는 모습을 볼 수 있다. 바로 앞 빌라에 사시는 아저씨도 단골이다. 새로 책을 들여놓으면 아저씨의 손이 바빠진다. 아저씨의 인사말은 한결같다.

"오늘은 이 정도만 살게요!"

# 로마인
# 할아버지

    역곡으로 이사 오고 한동안은 알람을 맞춰 놓고 발길 닿는 대로 동네를 산책하는 게 아침 일과였다. 그날도 골목을 돌아다니다가 집으로 돌아오는 길이었다. 횡단보도에서 신호가 바뀌기를 기다리고 있는데, 누군가 어깨에 손을 얹었다. 돌아보니 용서점에서 "로마인 할아버지"라고 부르는 어르신이 미소를 짓고 계셨다. 아침부터 부지런하다며 내게 칭찬을 건네셨으면서, 정작 본인은 새벽 운동을 다녀오시던 길이었다.

용서점 입구에 특가 매대를 둔 건, 간판도 제대로 없는 동네책방을 낯설게 느낄 어르신들을 위한 것이기도 했다. 서점 밖에 있으니 누구라도 부담 없이 구경할 수 있었다. 처음엔 여기가 뭐하는 곳인가 하던 분들도 그 매대 덕분에 용서점이 뭐하는 곳인지 알게되었고, 특가 매대를 지나 문을 열고 서점에 들어오는 분들도 점차 늘어갔다.

하루는 팔순이 다 되어 가는 어르신이 서점 문을 열고 들어오시더니 책을 문의했다.

"여기에 로마인 이야기가 더 있을까요?"

특가 매대에 있던 시오노 나나미의 소설 『로마인 이야기』가 더 있냐고 물어보시고는, 혹시 들어오면 챙겨 달라고 하셨다. 특가 코너의 책은 아니었지만 창고에는 로마인 이야기가 여러 권 있었고, 나는 혹시 어르신이 지나가다 또 들르실까 싶어서 잘 보이는 자리에 몇 권을 꺼내 놓았다. 그러면 어떻게 아시고는 금세 방문해 책을 들고 들어오셨다. 책값을 치르신 후에는 늘 주머니에서 꼬깃꼬깃한 메모지를 꺼내셨는데, 거기에는 1에서 20까지 숫자가 차례대로 적혀 있었다. 그날 구입한 도서 번호에 정성스레 동그라미를 치시는 모습이 인상적이었다. 그렇게 예닐곱 권을 판매하고 어르신의 방문이 잦아들 즈음, 용기를 내서 물었다.

"그런데 왜 로마인 이야기를 모으세요?"

어르신은 담담하게 말씀하셨다. 자신이 곧 팔순이 되는데 언제까지 이렇게 건강하게 돌아다닐 수 있겠느냐고 하시며, 어느 날엔가는 더 이상 걷지 못하고 병상에 누워 지낼 때가 올 테니 그때를 대비해서 읽을 책을 구해 놓는 거라고 하셨다.

"이게 한 스무 권 되지요? 그러면 나중에 한참 이 책을 보면서 지낼 수 있지 않겠어?"

어르신에게 책을 모으는 일은 죽음을 준비하는 일과 닿아 있었다. 전혀 예상하지 못한 어르신의 답변에 말문이 막혀, 농담을 건네듯 아무렇지 않게 말했다.

"어르신, 시리즈 다 모으시기 전까지는 아프시면 안 되겠네요."

## 삶의 문제를
## 꺼내 놓는 곳

기본적으로 손님에게 먼저 말을 걸거나 책을 권하지 않는다. 그래서 홀로 온 손님이 그냥 홀로 시간을 보내다 돌아가는 경우가 많다. 가끔은 손님이 먼저 말을 걸기도 한다. 책을 추천해 달라는 부탁이거나 SNS을 보고 왔다는 인사말이 대부분이다.

간혹 책을 추천해 달란 요청에 이런저런 대화를 나누다 보면, 손님의 삶에 한 발 들여놓게 될 때가 있다. "남자친구와 싸웠는데 뭘 보면 좋을까요?" "여자 친구에게 선물하려고요." "자존감에 관한 책을 읽고 싶어요." "자녀를 위해서 사는 거예요." 손님들은 책을 고르면서 자기 이야기를 슬쩍 꺼내놓는다. 그럴 때는 최대한 정신을 차리고 과하게 이입하지 않으려고 애쓴다. 책 한 권 팔면서 누군가의 삶을 세밀하게 들여다보고 싶지는 않기 때문이다.

책을 추천하는 일은 무척 신중한 작업이다. 그래서 나는 책 한 권을 고르기 위해선 생각보다 많은 정보가 필요하며, 그 정보를 고려해 본인이 선택하는 게 가장 좋다고 이야기한다. 이 설명을 하는 데만도 꽤 시간이 든다.

한번은 젊은 여성이 사랑에 관한 고민을 털어놓으며 남녀관계를 위한 책을 추천해 달라고 했다. '인간관계'라는 게 워낙 폭넓은 주제라 구체적으로 어떤 부분에서 어려움을 느끼는지 이야기를 나눠 보니, 참 좋은 에너지를 품고 있는 사람이라는 게 느껴졌다.

"어, 굳이 책 안 보셔도 되겠는데요? 책으로 해결하려 하지 마시고 지금 그 마음으로 잘 풀어 보세요."

책을 안 봐도 된다니, 이게 책방 주인이 할 말인가.

다행히 손님은 처음 들어올 때 사려 했던 남녀 관련 책은 안 샀지만, 본인에게 필요할 것 같다며 몇 권의 책을 골랐다.

한 젊은 청년은 경영서를 문의했다. 책에 대해 대화를 나누다가 그가 아버지가 하던 작은 사업체를 물려받게 됐다는 걸 알게 됐다. 그리고 자연스럽게 사업에 관한 그의 고민을 듣게 됐다. 갑자기 비즈니스 미팅의 현장이 되었달까. 그의 이야기를 통해 지금 그에게 필요한 마케팅 지식이 무엇인지 알게 되었고, 그는 내가 추천한 책들을 품에 안고 기분 좋게 돌아갔다.

함께 이야기를 나누며 손님이 읽을 책을 찾는 건 꽤 즐거운 작업이다. 그리고 이 작업 끝에 돈 썼지만 기분 좋게 돌아가는 손님을 볼 때, 그때가 가장 보람차다.

# 소설 같은 현실,
# 현실 같은 소설

한동안 지인의 서가만 정리해 주다가, 문득 역곡동 이웃 중에도 서가를 비우고 싶은 이들이 있을 수 있겠다는 생각이 들었다. 얼른 서점 입구에 '안 보는 책 정리하세요. 도와드릴게요'라고 적어 붙였다. 하루가 채 지나지 않아 연락이 왔다. 아주머니는 가라앉은 목소리로 문의했다.

"그동안 제가 읽어 온 책들이 좀 있는데요. 정리하려고요. 장르는 주로 소설이에요. 양이요? 한 이 백 권쯤 되려나?"

다음 날 오후, 아주머니가 알려 주신 주소로 찾아 가니 복도에 남편으로 보이는 이가 담배 연기를 내뿜 고 있었다. 집안에는 끈으로 묶어 내보낼 준비를 마친 책들이 놓여 있었다. 책은 이백 권이 넘어 보였다. 스 티브 킹부터 핫한 '밀레니엄 시리즈'까지 대체로 스릴 러, 판타지 등 장르 문학 책들이었다. 책마다 무슨 무 슨 수상작이라고 되어 있었는데, 그 많은 책들 중에 내가 읽은 책은 한 권도 없었다. 내가 독서에 있어서 얼마나 편식을 하는지 확인하는 순간이었다.

"소설을 진짜 좋아하시나 봐요."

"삶이 칙칙하니까 이런 거라도 봐야 살죠."

그제야 아주머니의 표정이 어둡다는 걸 깨달았다. 생기 없는 거실 풍경도 눈에 들어왔다. 남편으로 추정 되는 이는 여전히 문 앞에서 담배만 뻐끔뻐끔 피우고 있었다.

거실에 쌓여 있던 책을 다 빼내고 나니 아주머니가 힘없이 웃으며 말씀하셨다.

"치우고 나니 아무것도 아니네요. 그동안 왜 쌓아 두고 있었나 몰라요."

서점으로 돌아와 한 권 한 권 살피며 그녀가 만났을 소설 속 세계를 떠올렸다. 책을 읽으며 중세 유럽으로, 남미로, 과거와 미래로, 시공간의 제약 없이 자유로이 돌아다녔을 것이다. 그리고 그곳에서 공주가, 형사가, 멋진 신사가, 때로는 극악무도한 악인이 되기도 했을 것이다.

문학의 효용에 대해 생각해 본다. 간혹 장르 문학을 순수 문학보다 낮게 평가하는 이들이 있다. 하지만 누군가의 지친 마음을 위로하고 삶의 활력을 되찾는 데 도움을 준다면, 다른 누군가가 그에 대해 평가하는 건 건방진 일이 아닐까. 독자의 서가를 마주하는 일은 그런 의미에서 내 독서의 좁은 지경을 확인하고, 깨뜨리고, 확장하는 경험이 된다.

얼마 전부터 평소에 읽지 않던 소설을 한 권씩 들춰보기 시작했다.

밤에 만나는
사람들

일본 드라마 심야식당을 즐겨 본다. 드라마 속 인물들은 하루 일과를 마친 후 하나둘 식당에 들어와 자신의 희로애락을 들려준다. 그 모습이 참 좋다. 비록 식당 아닌 책방이지만, 이곳이 동네 사람들에게 그런 곳이 되어 주면 좋겠다는 생각을 한다. 골목에 어둠이 내리면 집으로 향하던 이들이 하나둘 문을 열고 들어와 아무 빈자리에 앉고, 하루의 애환을 토로하는 곳. 서로를 위로하고 격려하는 곳.

밤이 되어야 만날 수 있는 사람들이 있다. 긴 하루의 끝에서야 잠깐의 시간을 낼 수 있는 사람들이다.

밤 9시, 서점의 노란 불빛이 진하게 물들면 살구 님과 해봄이가 등장한다. 살구 님은 얼마 전 경력을 살려서 다시 일을 시작했다.

"해봄이랑 달 보러 나왔다가 책방 삼촌 보러 가자고 해서 왔어요."

유모차에 누워 있던 조그마한 아가는 어느새 자라 이젠 서점 이곳저곳을 기웃거리며 돌아다닌다. 살구 님이 책장의 책을 꺼내 읽고, 때로는 의자에 앉아 가만히 자기만의 시간을 갖는 동안 나는 해봄이를 목마 태워 서점 밖으로 나가 달구경을 한다. 다행히 해봄이는 책방과 책방 삼촌을 싫어하지 않아서 30분 남짓의 시간을 오롯이 살구 님께 선물할 수 있다. 해봄이와 함께하는 시간은, 하루 종일 책에 둘러싸여 지낸 내게도 선물 같은 시간이다.

근처에 책방이 있어도 매일의 책임과 역할이 많아 책방을 찾기 힘든 사람들이 있다는 걸 안다. 그런 이들에게 이곳이, 늦은 저녁 혹은 밤, 아주 잠시라도 쉬어 갈 수 있는 곳이 되면 좋겠다.

"해봄아, 삼촌이랑 또 달구경 하자."

# 한밤의
# 습격

용서점 1주년이 됐을 때 입구 기둥에 조명을 달았다. 작은 조명 하나 더해졌을 뿐인데, 서점 앞이 꽤 환해졌다. 멀리서도 용서점의 불빛을 보고 문이 열려 있는 걸 알 수 있어서 좋다는 이야기를 들었다.

어두워진 골목을 지나가는 사람들 중에는 취객이 꽤 있다. 가끔 서점 문을 밀고 들어와서는, "여기가 뭐 하는 데요?" 시비조로 물으며 시답잖은 이야기를 하고 가는 이들도 있다. 그런 손님을 상대하고 나면 피곤함이 몰려와 퇴근 준비를 서두르곤 한다.

5월의 어느 밤, 60대를 훌쩍 넘긴 듯 보이는 어르신이 서점 문을 열고 들어오셨다.

"아니, 여기 서점이 언제 생겼어?"

얼굴이 벌겋게 달아오르신 게 이미 꽤 술을 드신 눈치였다. '퇴근할 때가 됐구나' 싶었다. 이어질 대화가 뻔히 예상돼 기운이 빠졌지만, 겉으론 티 내지 않은 채 공손히 말씀드렸다.

"아, 이제 곧 1년이 되어 갑니다. 처음 보셨나 봐요."

들어보니 이웃한 이발소의 손님이셨다. 뭐가 새로 생긴 건 알았는데 그게 서점인 줄은 오늘에야 아셨단다. 이런 레퍼토리는 워낙 흔해서 그저 어르신이 얼른 둘러보고 가시면 좋겠다고 생각했다. 천천히 둘러보시라고 말씀을 드리고 다시 자리에 앉아 보던 책을 마저 읽기 시작했다.

"내가 한 스무 명에게 책 선물을 하려고 하는데…."

"네?"

어르신은 6, 70대로 이루어진 모임을 맡고 있고, 다음 날이 모임의 기념일이라고 하셨다. 멤버들에게 선물을 하고 싶었는데 미처 준비를 못해 끙끙거리고 있던 차에 서점이 눈에 띄어 책 선물을 하면 어떨까 하고 들어오셨다고.

처음으로 동네 손님에게서 들어온 대량 주문이라 반갑기도 하고, 어떻게 책을 골라야 하나 난감하기도 했다.

"음, 멤버 분들 특징을 간단하게 설명해 주시겠어요? 제가 어울리는 책을 골라 볼게요."

그렇게 야밤에 어르신과 나의 스무고개 같은 책 고르기가 시작되었다.

"나이는 60대 중반 여성. 성당을 다니더라고."

"그럼, 최근에 『울지마 톤즈』의 최민석 신부가 쓴 신작이 들어왔으니, 그 책이 좋겠네요."

"좋아. 60대 초반 여성은 책을 좋아해."

"장영희 교수가 쓴 에세이가 좋겠고요."

어르신은 이 과정이 꽤 즐거운 눈치였다. 서로 호흡이 잘 맞아서 스무 권을 고르는 데 생각보다 많은 시간이 걸리지 않았다. 스무 권이 끝난 후에는 추가로 몇 권을 더 골라 달라고 요청하셨다.

"사장님이 생각하기에 내가 보면 좋을 책 두어 권

골라줘 봐요."

가볍게 읽을 수 있는 『팩트체크(경제·상식편)』와 류시화 시인의 에세이를 권해 드렸다. 어르신은 언제 한 번 모임 멤버들과 함께 서점에 방문하겠다고 말씀하시며 서점을 나가셨다.

어르신들의 모임에서 책 선물이라니. 이미 퇴근 시간을 훌쩍 넘겨 자정을 향하고 있었지만 멍하니 자리에 앉아 조금 전 시간을 돌아봤다. 어쩐지 행복한 꿈을 꾼 것 같았다. 행복감에 젖은 채로, '책 선물을 도와드립니다'라고 크게 써서 밖에 붙여 놓을까 진지하게 고민했다.

## 역곡의
## 고수


나이는 오십쯤 되었을까. 항상 메고 다니는 가방 안에는 늘 뭔가 가득 담겨 있었다. 서점 앞을 지나가는 시각은 대략 밤 9시에서 10시 사이.

처음 서점에 들어오신 날을 기억한다. 자신을 '수집가'로 소개하고는, 본인이 소장하고 있는 희귀한 책들에 대해 친절하게 설명해 주셨다. 용서점에도 초기 중고책을 거래할 때 얻은 고서적과 희귀본들이 있어서 대화가 수월했다. 문제는 그분의 관심사가 책에 한정된 게 아니라는 것이었다. 온갖 것을 수집하는 분이라 한번 대화가 시작되면 좀처럼 말을 끊기가 어려웠다. 짐작하기로, 아저씨의 수집품들이 집에서는 환영받지 못하는 것 같아서 나라도 이야기를 잘 들어 드리자는 마음이었다. 이야기를 나누다 보면 퇴근 시간을 훌쩍 넘길 때도 있었지만 매번 열심히 들었다.

그러던 어느 날, 수집가 아저씨가 액자 하나와 포스터 수십 장을 챙겨 서점에 오셨다.

"이건 내가 아끼던 코카콜라 한정판 포스터로 만든 액자고, 또 이건 톰 크루즈의 탑건 재개봉 때 나온 포스터인데, 선물로 가져왔어요."

김연아와 박보검이 환하게 웃고 있는 포스터가 고급스러운 액자에 보관돼 있었다. 서점 어디에 두어도 어울리지 않는, 짐이 될 것이 분명한 물건이었지만 일단 받았다. 톰 크루즈 영화 포스터도 '이걸 어디다 쓰나' 싶었지만 공손히 받았다. 달갑지 않았지만 선물로 가져오신 것을 거절할 수도 없는 노릇이었다.

그런데 이게 무슨 일인가. 동네 손님들에게 톰 크루즈 포스터가 인기를 끌었다. 이런 포스터를 모으는 사람들이 꽤 많다는 사실이 내게는 충격이었다. 놀라운 일은 그게 다가 아니었다. 용서점 SNS에 이 수집가 아저씨를 소개하고, 선물로 받은 것들도 사진을 찍어서 올렸더니 며칠이 지나지 않아 탑건 포스터는 동이 났고, 방송국 작가에게서 연락이 왔다. 수집가를 만나보고 싶다는 것이었다. 그분이 가진 다른 수집품들을 방송에서 쓰고 싶다고. 세상에! 또 한 번 충격을 받았다.

동네를 오가는 분들 중에 은둔 고수가 많다는 사실을 깨달았다. 아직 패를 보여 주지 않은 손님 중에 혹시 또 다른 고수가 있을지 모른다. 항시 긴장을 늦추지 않겠다.

## "히로코라고
    불러 주세요"


용서점 모임에서는 실명 대신 닉네임으로 서로를 부른다. 좀 더 자유롭게 자신을 드러내고 나이나 삶의 배경으로 인한 위계가 생기지 않게 하기 위해서다. 모임에서만큼은 스무 살 캬캬와 일흔이 넘은 포도 님이 수평적인 관계가 된다.

닉네임을 짓는 방식은 다양하다. 그중 가장 보편적인 것은 자신의 이름에서 한 글자를 따서 부르는 것이다. 용 님, 호 님, 효 님 등. 무척 단순한 호칭이지만 의외로 그 한 글자에 그 사람의 캐릭터가 잘 담긴다. 다른 방법은 좋아하는 심상을 담은 단어를 사용하는 것이다. 예를 들어 나무, 바람, 하루, 파란, 연두 같은 것들이다. 때로는 평소에 사용하는 닉네임을 그대로 사용하는 경우도 있다.

그동안 정말 많은 닉네임들이 거쳐 갔는데, 그중에서 가장 강렬한 인상을 남긴 닉네임과 닉네임만큼이나 특별했던 손님이 있다. 일흔네 살 어르신이다.

"저는 히로코라고 불러 주세요."

히로코. 왠지 모르게 웃음이 났지만, 어르신이 워낙 진지하셔서 혹시라도 웃음이 새어 나오지 않도록 입을 꾹 다물었다. 아마 어릴 적에 불린 이름이 아니었을까.

1945년, 해방과 함께 태어난 히로코 님은 1·4후퇴 때 강을 건너 남한으로 내려왔다고 하셨다. (용서점 모임에서 1·4후퇴 이야기를 듣게 될 줄이야.) 아이가 울음을 터트리면 발각될 수 있어서 아이를 강에 버리는 일도 있었다고 했다. 히로코 님은 이를 악물고 눈물을 참았고, 그 덕분에 지금 이 자리에 있는 거라고. 놀라운 이야기였다.

히로코 님의 글이나 말이 좀 더 묘한 느낌으로 다가왔던 건, 그녀가 10세쯤 되는 여자아이의 글투와 말투를 사용했기 때문이다. "~했어요"라는 반복되는 어구가 어쩐지 '증언'처럼 들렸다. 그처럼 생생한 현대사의 이야기는 전에도 후에도 들어본 적이 없다.

아쉽게도 히로코 님은 한 달 동안 열심히 글을 쓴 후 가족들과 베트남으로 여행을 떠났고, 그 후로는 만나지 못했다. 여행 후에 건강이 악화되었다는 이야기만 건너 들었을 뿐이다. 생애 처음으로 자신의 인생을 글로 쓰고, 읽고, 대화를 나누며 즐거워하셨는데…. 못다 쓴 인생 이야기는 언제 다시 쓰실 수 있을지.

# 첫 번째
## 손님

인복이 많다는 얘기를 종종 듣는다. 청소년 시절
에는 좋은 선배들이 있었고, 성인이 돼서는 삶의 중요
한 순간마다 마음을 나눠 주는 고마운 사람들이 곁에
있었다. 역곡에 와서도 결정적인 순간에 힘이 되었던
건, 사람이었다.

뭐든 처음은 기억에 오래 남는 법이다. 그리고 첫
번째는 한번 정해지면 바뀌지 않는다. 그런 의미에서
무척 특별하다. 내게도 용서점의 첫 번째 손님은 그렇
다. 바로 안아주 님이다.

이곳에 서점이 생긴다는 걸 동네에서 가장 처음 알게 된 분일지 모르겠다. 본래 용서점을 알고 있던 지인을 통해 동네에 책방이 생긴다는 것을 알고 있었다고 하셨으니. 그래서 세탁소 자리를 부수고 인테리어 공사를 시작한 그날부터 골목을 지나며 공사가 언제 끝나나 기다리셨다고 한다.

용서점의 첫 작가 행사 때 참석하셨고, 글쓰기 모임 써용을 시작할 때는 멤버가 되어 주셨다. 행사나 모임이 없는 날에도 종종 서점에 와서 동네 분위기나 주변 맛집을 알려 주곤 하셨다. 홍대의 유명한 빵집에 다녀왔다며 빵을 챙겨 주실 때도 있었고. 처음엔 손님이 주는 빵도, 동네에 이런 공간을 만들어 줘서 고맙다는 인사도 어색하고 낯설었다. 책 파는 공간을 만들고 감사 인사를 받을 거라곤 생각해 본 적이 없었기 때문이다. 조금 특이한 동네라는 생각을 한 것도 그즈음이었다.

무슨 일을 할 때 믿어 주고 응원하는 '한 사람'이 있는 것과 없는 것은 천지 차이다. 그 한 사람의 힘이 엄청나다. 그런데 일하러 오게 된 낯선 동네에서 그

한 사람을 만나게 되었으니, 행운이 아닐 수 없다. 책방 주인과 손님으로 만나, 어느새 서로의 삶을 따뜻하게 바라보며 박수 쳐 주는 친구가 되었다. 많은 사람들을 알고 지내지만 우정이라 부를 수 있는 관계로 나아가는 게 어려웠던 나로서는, 역곡에서의 첫 인연인 아주 님이 그래서 더 소중하다. 이런 관계가 가능하다는 걸 경험하게 해 준 사람이라서.

아주 님과의 관계는, 어찌되었건 책을 파는, 소위 장사를 하는 사람으로서 동네에서 만나는 손님을 대하는 태도를 돌아보게 하는 계기가 되기도 했다. 덕분에 두 번째, 세 번째로 이어지는 우정의 관계들을 잘 쌓아 갈 수 있었다. 첫 단추를 잘 뀐 덕분이다.

# 용서점의
# 마스코트

"용 님, 저 좀 그냥 있다 가도 될까요?"

서점을 제집 드나들듯 하는 손님이 한 명 있다. 오전에 알바 하러 가다가, 점심 먹고 소화시키러, 저녁에 글쓰기 모임에 참석하기 위해, 때로는 아무 이유 없이 서점에 온다. 이제 갓 스무 살이 된 캬캬다. 그녀는 모두가 인정하는 용서점의 마스코트다.

캬캬는 질문이 많다. 보통은 내게 물어보지만, 종종 처음 본 손님에게 질문을 하기도 한다. 신기한 건, 질문을 시작으로 손님들과 자연스럽게 대화를 이어

간다는 점이다. 그들과 붕어빵을 나눠 먹기도 하고, 가끔은 진지한 토론을 나누기도 한다. 동네 이웃들이 서점을 이렇게 이용하면 좋겠다고 생각한 딱 그 모습인데, 막상 보니 묘하다.

한번은 써용 모임에서 "나는 용서점이 좋다"로 시작하는 시를 쓴 적이 있다. 조명과 분위기, 사람들과 나누는 대화마저 좋다면서, 용서점은 "자신의 삶을 천연색으로 만들어 주는 공간"이라고 했다. 그런 낯 뜨거운 고백을 무려 책방 주인 앞에서 스스럼없이 헤헤웃으며 할 수 있는 이가 바로 캬캬다.

대부분의 사람들이 가깝지 않은 사람과 함께할 때 자기 검열을 하고, 대화의 주제를 고른다. 본능적으로 자신을 보호하는 것이다. 아무리 닉네임으로 참여하는 모임이라 해도, 자신도 모르게 글쓰기의 수위를 조절한다. 그런데 캬캬는, 캬캬의 글쓰기는 다른 이들 안에 있던 그런 은밀한 작업을 멈추게 한다. 유독 목요일 써용에서 더 솔직한 글들이 써지고 속 이야기를 나눌 수 있었던 요인 중에는 분명 캬캬가 있다고 생각한다.

자신과의 거리가 가까운 사람들이 있다. 그런 사람들의 특징은, 말과 글을 애써 꾸미지 않아도 다른 사람의 마음을 만지고, 두드리고, 깨뜨린다는 것이다. 살면서 자기 내면을 진솔하게 마주하는 일이 과연 얼마나 될까. 우리는 남에게뿐만 아니라 때로는 나 자신에게도 솔직하지 못하다. 캬캬는 그런 우리가 더 솔직해질 수 있도록 용기를 불어넣는다. 물론 본인이 의도한 것은 아닐 테지만.

산티아고를 걷고 온 겨울나무 님과 여러 차례 여행에 관한 대화를 나누던 캬캬가 자기도 내년 5월에는 산티아고 순례길에 도전하겠다고 선언을 했다. 그때부터 모임에서는 캬캬의 여행 준비 상황을 확인하고, 일정은 잘 짜고 있는지 점검하는 시간을 고정적으로 가졌다. 어느 날엔 여행을 준비하는 캬캬가 마음을 다잡을 수 있도록 겨울나무 님이 집으로 초대해 손수 음식을 해 주었단 이야기를 들었다. 모임 멤버들끼리 집으로 초대해서 식사를 나눈 일은 내가 알기로 처음이었다.

캬캬는 모두에게 사랑받는 존재다.

나를 보러 온 서로 모르는 이들이

어느 순간 가까이 앉아 대화를 주고받기 시작하면,

나는 괜히 설렌다.

## 70대 단골의 위엄

모임에 참석하던 분이 책을 출간하셨다. 동네 이웃의 책 출간이라 북토크를 준비했는데, 그날의 한 장면이 유독 마음에 오래 남았다. 포도 님이 집 앞 정원에서 키우는 국화로 꽃다발을 만들어 작가님께 전하던 모습이다.

북토크 시작 전, 무슨 꽃이냐는 물음에 포도 님은 "작가님을 만나는 행사인데 어떻게 빈손으로 올 수 있냐"고 대답하셨다. 그 북토크는 포도 님 인생 첫 작가와의 만남이었다.

포도 님과의 첫 만남을 기억한다. 모임들이 시작되자 동네 주민들이 서점을 기웃거리고 지나가는 일이 많아졌다. 노란 불빛 아래 테이블에 둘러앉아 뭔가를 쓰고, 이야기를 나누는 모습이 눈길을 끌었던 걸까.

그 즈음이었다. 봄날의 나른한 오후, 한 어르신이 서점 문을 열고 들어오셨다.

"여기는 뭐하는 데예요?"

본인은 어렸을 때 공부할 기회를 놓쳐서 제대로 책을 읽을 기회가 없었다고, 이제라도 책을 읽어 보려한다고 하셨다. 어쩐지 의지가 느껴지는 말투였다.

"그럼 모임에 함께하시죠?"

나는 여러 모임들을 소개했고, 어르신은 글쓰기는 부담스러우니 필사 모임에 참석하겠다고 하셨다. 내친 김에 모임에서 사용할 별명도 지어 드렸다. 생애 첫 별명이라고 하시니 심혈을 기울여 몇 가지 후보들을 정했고, 그중에 어르신이 좋아하시는 과일 '포도'가 선택됐다.

이후 포도 님은 구입하신 책을 서점에 보관해 놓고는 틈날 때마다 와서 읽으신다. 그렇게 읽으신 책이 벌써 여러 권이다. 한동안은 논어를 읽으시더니, 필사를 더 잘해 보고 싶다며 『필사하는 법』을 읽기도 하셨다. 이제는 다른 손님이 오면 나보다 더 적극적으로 용서점의 매력을 어필하고, 가끔은 손님이 왔는데 차를 내오지 않는다며 나를 타박하기도 하신다.

역곡으로 옮겨 올 때만 해도 팔순을 앞둔 어르신이 단골이 될 거라곤 전혀 예상하지 못했다. 포도 님은 용서점이 자신에게 기회를 주었다며 자주 감사를 표하시는데, 사실 포도 님 때문에 내가 감사한 것이 더 많다. 동네책방에게 70대 단골의 존재란 곧 든든함이고, 자랑이다.

서점 근처 초등학교를 다니는 손주들을 챙기느라 서점 앞을 자주 지나시는데, 그냥 지나치질 못하신다. 가래떡 두 개, 연두부 한 팩, 붕어빵 두 개, 김밥 한 줄. 단골 멘트도 있다. '맛이 없어도', '입에 안 맞아도' "몸 생각해서 먹어요." 조금 전에도 손주 먹이려고 조 아저씨 빵집에서 빵을 샀는데, 용 님이 마음에 걸려서 들렀다며 바게트 앞부분을 두 조각 떼어 주고 가셨다.

'마음에 걸려서'라는 표현이 마음에 걸려, 감사 인사에 한마디를 덧붙인다.

"마음에 걸리실 것까지야."

# 민들레,
# 민들레…

종종 포도 님께 필사한 시를 낭송해 달라고 요청을 하고 그 모습을 영상으로 담는다. 그럴 때면 포도 님은 벗어 두었던 모자와 스카프까지 다시 제대로 갖춰 입으시고는, "이제 됐어요. 낭송할까요?" 하신다.

누군가에게는 '모임'이 그리 특별한 것이 아니다. 약간의 시간과 돈을 투자하면 언제라도 여러 모임에 참여할 수 있다. 그러나 포도 님께는 달랐다. 이 모임이 여럿이 함께 모여 글을 따라 써 보는 첫 경험이었고, 일주일 중 가장 기다려지는 시간이었다. 그런 분이 어디 포도 님뿐일까.

포도 님은 "그저 따라 쓰는 것"이라고 부끄러워하시며 필사한 것을 보여 주지 않으려 하신다. 한 자 한자, 어느 한 획도 무심히 긋지 못해서 50분 동안 많은양을 쓰지는 못하시지만, 그런 건 중요하지 않다.

처음에는 포도 님이 필사하실 시 한 편, 글귀 한 구절을 큰 글씨로 뽑아 드렸는데, 어느 날부터는 신세지기 미안하다면서 책을 한 권 챙겨 오셨다. 그렇게 한동안 김소월의 시를 필사하셨다.

처음 필사하신 시는 '엄마야 누나야'였다. 그 시를 낭송하시던 날을 생생하게 기억한다. 포도 님의 목소리로 시가 다시 들려질 때 다들 숨죽이고 있던 그 순간을, 낭송이 끝나자 숨을 토해 내며 "아니, 이 시가이렇게 슬픈 시였어?" 말하던 이들의 표정을. 낭송의재발견이랄까. 덕분에 수요필사 모임에는 낭송 문화가 생겼다.

어느 날은 "민들레는"으로 시작하는 요상한 글을낭송해 주신 적이 있다. 포도 님이 워낙 진지하게 읽

으셔서서 아무도 차마 끊지 못했다. "민들레의 효능으로
는…"이 길게 이어진 후에야 낭송이 끝났고, 대표로
내가 물어보았다.

"포도 님, 근데 방금 읽으신 건 무슨 광고지 같은데
요. 뭐였어요?"

포도 님이 쓰고 읽으신 글은 약국에서 받은 팸플릿
문구였다. 민들레가 들어간 제품의 광고로 유한양행
에서 만든 것이었다. 포도 님이 젊은 시절 유한양행에
서 근무하신 것을 알고 있던 우리는 그제야 이해할 수
있었다. 모임 끝 무렵, 포도 님의 오래전 직장생활 이
야기를 들으며, 민들레 팸플릿 필사가 결코 엉뚱한 일
이 아니었다는 걸 알게 됐다.

글은 결국 개인을 드러내는 도구임을 포도 님을 통
해 배웠다. 진솔한 마음을 나눌 수만 있다면 제약회사
팸플릿도 훌륭한 글감이 될 수 있다.

## 동네에서 작가를
## 만난다는 것

역곡에 용서점을 새로 열면서 야심차게 기획한 행사가 있다. 바로 '작가와의 만남'이다. 온라인 판매로 서점을 운영해 온 내게는 사람들을 서점으로 오게 하는 게 큰 과제였고, 작가와의 만남만큼 확실한 카드가 없어 보였다. 5월 8일 공식 개업일에 맞춰 박총 작가를 불러 북토크를 열었다.

용서점 첫 작가와의 만남을 진행하며 그만 주최자인 내가 그 분위기에 취해서, 작가 행사를 정례화하기로 마음먹었다. 바로 다음 달 작가 섭외에 돌입했다.

마침 옥명호 작가의 『아빠가 책을 읽어줄 때 생기는 일들』이 출간을 앞두고 있었고, 출판사에 연락해 일정을 잡았다. 내친 김에 7월과 8월 일정도 잡았다. 어머니와 인연이 있는 김민섭 작가에게 부탁을 했고, 그는 김동식 작가가 먼저 하고 본인은 그다음 차례에 하겠다고 했다. 그다음 달에는 『지극히 사적인 페미니즘』으로 대화를 나눴다. 북극곰 출판사의 그림책에 관한 이야기를 듣고, '한 달에 한 도시' 여행하기로 유명한 김은덕, 백종민 부부 작가와 함께 여행과 삶과 책에 관한 이야기를 나눴다.

동네에서 작가를 만난다는 건 이웃들에게 어떤 의미였을까. 작가를 만나려면 보통 '동네'를 벗어나야 한다. 특별한 경우가 아닌 이상, 행사들은 주로 사람들이 모이기 쉬운 장소에서 진행되기 때문이다. 동네, 그것도 서울 아닌 곳을 기반으로 살아가는 이들에게는 참여하기 쉽지 않은 조건이다. 그러다 보니 어린아이가 있는 어머니, 사람 많은 곳에 가기 남사스러운 어르신, 부모의 허락 없이는 동네를 벗어날 수 없는 아이들에겐 그 기회가 닿지 않는다. 용서점 작가 행사에서는, 엄마 심부름하러 슈퍼에 가다가 뭐하는지 궁금해 들어와 참여하게 된 아이들이 있었다. 서점에 있는 미니어처 인형이 탐이 나서 행사가 진행되는 두 시간을 꾹 참고 기다렸다가 선물로 받아 간 아이도 있었고.

그렇게 매달 진행한 작가 행사의 타이틀은 '책의 쓸모'였다. 작가들은 주로 왜 책을 읽어야 하는지, 독서에는 어떤 힘이 있는지를 들려주었다. 하지만 그런 이야기가 아니더라도, 동네에서 작가를 만난다는 것 자체가 누군가에겐 즐거움이었을지 모른다. 그러니까 꽤 쓸모 있는 행사였을 거라는 이야기다. 참고로 용서점의 '용'은 한자로 '쓸'이라는 의미가 있다. '드래곤'의 용이 아니라서 실망했다면 사과한다.

# 기초체력
# 키우기

역곡에 머무는 시간이 늘수록 참 이상한 동네, 참 수상한 사람들이란 생각이 자꾸 들었다. 이처럼 따뜻한 동네, 이토록 다정하고 재주 많고 유쾌한 이들이라니. 그저 인사 나누는 사이에 그쳤다면 다 알지 못했을 모습이다. 그러니까 이게 다 꾸준히 만나 함께 시간을 보낸 모임 덕분이라는 이야기다.

처음부터 모임을 기획했던 것은 아니다. 역곡으로 올 때만 해도, 동네 사람들이 서점을 이용할 거란 기대는 없었다. 책방을 대하는 심상치 않은 사람들의 반응에 뭔가 같이 해 볼 수 있겠다 싶으면서도, 그게 모임이 될 줄은 몰랐다.

앞서 말한 '책의 쓸모'는 5월에 시작해 총 일곱 번에 걸쳐 진행했다. 예상한 것보다 훨씬 알찬 시간이 될 수 있었던 건, 모두 작가님들 덕분이었다. 11월에 『한 달에 한 도시』의 저자를 모신 것을 끝으로 작가와의 만남은 잠시 휴지기에 들어갔다. 12월에는 '인디가수 공연'이라는 새로운 시도를 해 보기도 했다.

그리고 새해를 앞두고 한 가지 중요한 결단을 내리게 되었다. 더 이상 '행사'에 의존하지 말자는 것이었다. 더 솔직하게 말하면, 작가의 유명세에 기대어 독자를 서점으로 유입하려는 얄팍한 수를 쓰지 않기로 한 것이다.

동네 손님들에게는 작가를 직접 만나고 생생한 이야기를 들을 수 있어서 유익한 시간이었을 것이다. 내게도 그랬다. 작은 공간에 모여 앉아 작가님의 이야기를 듣는 일은 매우 즐거웠고, 뒤풀이는 기억에 남을만큼 매번 좋았다. 준비한 좌석도 대체로 잘 채워졌다. 운영자의 입장에서 나쁠 것이 없는 행사였다.

하지만 거기까지였다. 작가가 왔다 가면, 남은 나는 뭔가 모를 허무함에 기운이 빠지곤 했다. 분명 좋았는데, 끝나고 나면 늘 그랬다. 작가들의 방문은 작은 동네책방에 활기를 불어넣어 주는 비타민 주사 같았다. 약 기운에 반짝 힘이 솟았다가, 이내 다시 본래대로 돌아오기를 반복했다.

이런 업다운 속에서 서점의 기초체력에 대해 생각하게 됐다. 작가 행사는 동네책방의 기초체력이 아니었다. 기초체력 없이 약발로 버티는 건, 위험하고 무모한 일이었다. 그렇다면 서점의 기초체력은 뭘까? 내가 찾은 답은, 동네 손님들 그리고 독자들과 함께하는, 그들이 주축이 되는 '모임'이었다.

당장 노트북에 새 폴더를 만들었다. '용서점 기초 모임'. 실제로 구현이 된 건 해가 바뀌고 한 달이 지나서였지만, 이미 내 머릿속에는 동네 사람들과 독자가 중심이 되는 모임이 크게 들어와 있었다. 행사가 아니라 모임으로. 이것이 써용, 필사 모임 등 각종 모임이 시작된 배경이다.

**3부**

일단
모입시다

운김. 모임에서 알게 된 순우리말로,
'여럿이 함께 일할 때 우러나오는 힘',
'사람들이 있는 곳의 따뜻한 기운'이란
뜻을 가지고 있다. 발음은 낯설지만
의미가 마음에 들어 어떤 방식으로든
애용하고 싶은 단어이다.

낮 12시,
책방 문을 엽니다

# 드디어
# 정상 근무


2019년 3월부터 용서점 운영 시간을 조정했다. 오전 10시부터 밤 10시까지. 역곡으로 자리를 옮긴 후 처음으로 풀타임 근무를 시작한 것이다. 무려 1년 만에 확보된 시간이었다. 2019년부터 정부에서 지원하는 통합간병 서비스가 일부 병원에서 시행되었는데, 어머니가 입원해 있는 큰나무병원이 서비스 해당 병원이었다. 3월부터 바로 도입이 되면서 병원에서 숙식하는 걸 그만둘 수 있었다.

용서점을 운영하는 동안 가장 마음에 걸렸던 건 꼭

자리를 비울 때 손님이 찾아온다는 것이었다. 손님과 책방 주인, 그 어느 쪽도 좋을 리 없는 일이었다. 이런 안타까운 일을 줄일 수 있는 건, 정해진 시간에 문을 열고 닫는 것뿐이었다. 그런데 그게 참 어려웠다.

동네책방 운영 시간에 정해진 매뉴얼은 없다. 작은 책방은 주인이 다른 일을 하며 운영하는 경우가 많아서, 서점마다 다 다르다. 책방을 시작하고도 사정상 책방을 오래 지키지 못했던 나는, 아침부터 밤까지 서점을 열어 놓고 동네 사람들의 하루를 살펴보는 게 그렇게도 해 보고 싶었다.

굳이 아침부터 밤까지 자리를 지키지 않아도 이 동네가 얼마나 조용한지 아는 것은 어렵지 않았다. 그나마 역 근처엔 사람들이 있지만, 용서점 주변 길을 이용하는 사람은 많지 않다는 것도 금방 알 수 있었다. 하지만 나는, 오가는 사람이 많고 적음을 떠나 서점에서 보내는 하루가 그저 감격스러웠다. 서점 안으로 길게 들어오는 오전 햇살을 바라보는 것이 행복했고, 늦은 저녁 하루 일을 마치고 다시 역곡으로 돌아오는 이들을 바라보는 것이 새로웠다. 풀타임 근무를 하기 전에는 볼 수 없던 풍경이었다.

정해진 시간에 문을 열고, 정해진 시간에 문을 닫는 것. 누가 보지 않아도 그 약속을 지키는 것. 장사하는 사람이라면 당연하게 여기는 이 일이, 얼마나 대단한 일인지 어머니를 간병하며 알게 되었다. 세상에 당연한 일은 없다. 이 특별한 일을 할 수 있게 된 작년 봄은, 내게 그야말로 '봄'이었다.

# 이상적인
# 리듬

출근해서 작업실 책상에 앉으면 가장 먼저 에버노트를 열고 전날 일정을 복사해서 붙여 넣는다. 그리고 새로운 하루를 준비하는 문구를 한 줄 적는다. "정신 차려!", "되면, 하자!" 뭐 이런 식으로. "열심히 일하고- 힘껏 놀자- 이상적인 리듬!"이라고 적은 날도 있다.

서점의 일상은 크게 두 가지로 나뉜다. 책 파는 일과 모임이다.

출근을 하면 간단히 하루 일정을 체크한다. 홀로 일하지만 예전에 출판사에서 일했던 폼을 가져와 적용한다. 오전의 가장 중요한 업무는 회원들에게 큐레이팅 메시지를 발송하는 일이다. 스무 권 남짓 되는 책들의 표지로 카드뉴스 형식의 메시지를 작성해 12시에 예약 발송을 한다. 메시지에 대한 반응은 즉각적이라, 발송 후 30분 정도는 주문을 접수하는 데 쓴다. 주문이 잦아들면 전날 들어온 온라인 주문 건을 챙겨서 택배 발송을 한다. 기계적인 손놀림으로 택배 발송까지 마치면 이제 용서점 점심시간이다. '외근 중입니다' 팻말을 서점 문에 붙이고 주로 근처 백반집을 향한다. 이웃 식당에서 카페밥을 포장해서 먹을 때도 있다.

오후에는 필사 모임과 글쓰기 모임으로 동네 사람들과 만난다. 요일에 따라 다르지만 보통 낮에 하나, 저녁에 하나, 이렇게 두 번의 모임으로 오후 시간이 채워진다. 모임은 용서점의 고정 손님을 늘리는 장기적인 업무이기도 하지만, 그보다는 책방 주인이기 전에 독자의 한 사람으로서 다양한 독자를 만나는 즐거움이다. 가급적 일로 생각하지 않으려고 노력하는데,

굳이 노력하지 않아도 실제로 사람들과 만나서 '노는' 시간에 더 가깝다. 다양한 사람들의 이야기를 듣고, 때로 의견을 조율해 가는 과정이 내게는 하나의 게임처럼 느껴진다. 자영업자로서 하루 종일 한곳에 매이는 고충이 있지만, 그것을 이겨 내는 비밀이 여기에 있다.

낮에는 독자에게 직접 책을 파는 일을 하고, 오후에는 모임을 통해 용서점의 힘을 키워 가는 이 일상이 내게는 즐겁게 일하도록 돕는 '이상적인 리듬'이다.

손님이 없는 한가한 날엔

괜히 여기저기 자리를 옮겨 가며 일을 한다.

손님의 시선으로 서점을 살펴보는 시간.

# 셋으로
# 시작

하루는 란 님이 물었다.

"용서점에는 글쓰기 모임은 없어요?"

안 그래도 읽고 쓰는 모임을 하면 좋겠다고 생각하고 있었는데, 손님이 먼저 물어봐 주니 반가웠다. "만들면 하실래요?"라는 내 대답으로 모임이 만들어졌다. 몇몇 손님들에게 소식을 알렸고, 한 분이 합류 의사를 밝혀서 셋이 됐다. 셋이면 모임이 가능하다. 즉시 모임 안내 및 모집 글을 SNS에 올렸다. 의외로 많은 사람들이 신청을 했다.

"모임 이름은 뭐로 할까요?"

"일단 임시로 '써용'으로 하고 나중에 좋은 이름 나오면 바꾸죠."

정말 막, 대충 지은 이름, 써용. 그런데 그게 결국 이 모임의 이름이 되었고, 나중에 파생된 온갖 "~용" 모임의 시초가 되었다. 그렇게 용서점에서 기초모임 이라 부르는 '수요일 써용'이 시작되었다.


급작스럽게 시작한 모임이라 기본적인 규칙부터 만들어야 했다. 우선 모이면 핸드폰을 걷기로 했다. 글쓰기에 집중하기 위한 장치였다. 집중을 위한 또 다른 도구로 알람을 설정해 두었다. 알람이 울리기까지 의 한 시간은 오직 글을 쓰는 시간이다. 공통 주제나 제시어는 없다. 그저 각자 쓰고 싶은 걸 자유롭게 쓰 면 된다. 그리고 알람이 울리면 모두 중앙 테이블로 모여 진행자의 진행에 따라 그날 쓴 글의 일부를 낭 독하고, 글에 담긴 이야기를 들려준다. 강요는 아니고 각자 원하는 만큼만. 글쓰기 모임에 대한 정보나 경험 이 없었기에 일단 운영해 보고, 추후에 모임의 성격에 맞게 수정할 생각이었다.

그런데 막상 시작해 보니 다들 어찌나 글을 잘 쓰던지, 첫 모임 후 생각했다. 사람들은 모두 자신의 이야기를 갖고 있고, 들려주기를 원한다고. 그냥 두면 사람들은 알아서 잘한다. 경험이 없어 스스로를 믿지 못할 뿐.

처음 세 명으로 시작한 모임은 일곱 명이 되었고, 다른 요일에도 모임을 개설해 달라는 요청에 점차 요일을 늘려 나갔다. 다음 달, 그다음 달… 모임은 가지를 뻗듯이 영역을 넓혔다. 그 결과, 2020년 현재 써용 4개, 봐용 2개, 필사 2개, 심화모임(드로잉, 글쓰기) 2개로 총 70여 명이 매주 혹은 격주로 용서점과 '뜰안에 작은나무' 도서관에서 모임을 갖고 있다. 란 님이 처음 글쓰기 모임을 제안할 때는 상상도 하지 못한 일이다.

# '나'라서 쓸 수
있는 글

용서점에는 총 네 개의 써용 모임이 있다. 첫 단추였던 수요일 써용, 목요일 써용, 아침부터 모이는 토요일 써용, 그리고 가장 최근에 생긴 화요일 써용. 각모임마다 7명의 멤버가 있으니, 매주 총 28개의 이야기가 생기는 셈이다. 그리고 나는 그 글들을 모두 만나는 행운을 누리고 있다.

실제 일어난 일과 감정의 묘사가 어려운 누군가는판타지 동화를 쓴다. 또 다른 누군가는 자신의 일상을 가감 없이 묘사하기에 주저함이 없다. 어떤 이는 추리 소설을 구상하고, 어떤 이는 시를 쓴다. 주제도, 장르도 모인 사람들만큼이나 다양하다.

토요일 써클은 문학을 쓰는 사람이 많다. 시니 님은 한 시간 동안 A4 한 페이지 분량의 엽편 소설을 완성시킨다. 아이의 이름에서 따온 '뭉이'라는 캐릭터를 다양하게 변화시키는데, 대체로 어둡고 누군가 죽는 것으로 이야기가 끝난다. 주로 판타지 소설을 쓰는 물결 님은, 고령 연애 컨설턴트에 관한 이야기부터 헌혈을 하고 선물을 타는 세태를 반영한 근미래의 헌혈선물가게 이야기, 그리고 최근에 쓴 연재물 '둘기탐구클럽'(비둘기를 좋아하는 사람들의 모임을 다룬 이야기)까지 어마어마한 상상력을 보여 준다. 제이 님은 시를 쓴다. 시를 정기적으로 쓰는 멤버는 흔치 않은데, 제이 님은 곧잘 그 주에 메모해 두었던 시상을 가져다가 글로 담아낸다.

가장 최근에 시작한 화요일 써클도 글의 소재가 다양하다. 작년 한 해 동안 인도네시아에 머물렀던 고등어 님은 여행의 기억을 잊기 전에 기록으로 남기는 게 목표다. 최대한 감정을 빼고 담백하게 쓰는 게 핵심이다. 사진작가인 까미유 님은 본인이 찍은 사진을 모티브로 글을 쓴다. 전비타 님은 이미 여러 권의 장르물을 출간한 작가다. 모임에 오면 스토리 시놉시스를 한 편 짜고, 시간이 남으면 도입부를 쓰기도 한다. 하나의 새로운 세상이 탄생하는 과정을 엿보는 재미가 쏠쏠하다. 클로드 님은 자신이 키우는 고양이에 관한 글을 써서 책을 출간하려고 준비 중이다.

수요일 써용에 참여하는 미니 님의 글은 우리 사이에서 꽤 오랫동안 회자되기도 했다. 친구와 고속버스를 타고 가는 중에 급히 용변이 마려워 다른 곳으로 신경을 돌리려 음악을 틀었는데, 하필 빗소리가 깔리는 전주였다는….


글쓰기 모임을 통해 '나'만이 쓸 수 있는 글이 있다는 걸 알게 됐다. 겉으로 비슷해 보이는 삶도 자세히 들여다보면 다 다른 결을 가지고 있듯 글도 그렇다. 주제도, 에피소드도, 글투도 같은 것이 없다. 매주 쌓이는 이 이야기들이 용서점에 숨을 불어넣는 기분이다. 여러 글들을 읽으며 내가 매번 생각하는 건, 세상에 시시한 인생이란 없다는 것이다.

## 딕싯이 쏘아 올린
## 작은 공

유일한 저녁 글쓰기 모임인 목요일 써용의 멤버들은 모임이 끝나도 집에 갈 생각을 안 한다. 자꾸 뭔가를 더 하고 싶어 한다. 그래서 제안한 것이 '딕싯-내 마음을 맞춰봐'라는 스토리텔링 보드게임이었다.

딕싯의 룰은 간단하다. 우선 6장씩 그림카드를 받는다. 돌아가면서 술래를 맡는데, 술래가 먼저 자신이 가진 카드 중 하나를 정해 그 카드에 어울리는 단어나 문장을 말한다. 물론 이때 카드를 보여 주면 안 된다. 나머지 사람들은 자신의 카드 중에서 술래가 말한 것과 가장 맞는 카드를 엎어서 제출하고, 술래가 고른 카드와 제출된 카드를 섞어 무작위로 배열한 후 술래가 낸 카드를 맞히는 게임이다. 내 딴에는 글쓰기와 연관된 활동이라 여겨서 권한 것인데, 어쨌든 멤버들의 반응은 가히 폭발적이었다. 딕싯을 하느라 11시를 넘기고, 때로는 자정이 되어서야 집으로 돌아가는 일이 잦았다.

몇 주간 야밤 딕싯은 이어졌고, 기어코 딕싯을 주제로 한 글이 등장했다. 제목은 '가족과 딕싯을 하다'. 내용은 이렇다. 딕싯의 매력에 푹 빠진 자야 님은 딕싯을 구입했고, 가족들을 불러 모았다. 다들 처음엔 시큰둥하게 게임에 임했지만, 얼마 지나지 않아 가족 모두 게임에 빠지고 말았다. 그런데 놀랍게도 단순히 재미로 시작한 게임이 가족들의 마음속 이야기를 끄집어냈다. 이를테면, '아빠가 가장 싫어하는 것'이라는 설명이 나오면 그에 대한 이야기로 자연스럽게 이어지는 것이었다. 자야 님은 딕싯을 통해 가족 간에 끊어진 대화가 다시 시작되었다며 기뻐했다. 심지어 추석에 친척들이 모였을 때, 화투 대신 딕싯으로 시간을 보냈다고.

　자야 님의 글은 내게 많은 것을 생각하게 했다. 책이 아니면 어떤가. 책방이라고 해서 꼭 책일 필요는 없다. 뭐가 됐든, 용서점을 통해 경험한 것이 누군가의 삶에 선한 영향을 미친다면 그건 그 자체로 충분한 의미가 있다. 내가 책방을 하며 진정으로 원하는 건 사실 이런 것이다. 물론 책방으로서도 손해일 리 없다. 책방에서의 좋은 경험은 손님들로 하여금 책방이 잘되기를 바라는 마음을 일으키고, 그건 책 구매로 이어지니까.

　앞으로도 이런 좋은 일이 종종 있었으면 좋겠다.

## 진심으로
## 바라는 일

　매번 밥을 사 먹을 수 없어서 보통은 간단한 요리를 해서 먹는다. 주로 서점 근처에 있는 역곡 상상시장을 이용한다.

　평소처럼 반찬가게와 야채가게를 둘러보고 있는데, 한 중년 여성이 멈춰 서서 나를 빤히 쳐다보는 게 아닌가. 설핏 미소가 담긴 따뜻한 눈빛이었다. 나를 왜 저리 쳐다볼까 생각하며 지나치려는데, 여성이 말을 걸었다.

　"저기, 혹시 용서점 사장님 아니신가요?"

용서점에 오는 손님 말고는 동네에 아는 사람이 많지 않아서 결국 물을 수밖에 없었다.

"저를 아시나요?"

그렇게 물으며 그분을 바라보는데, 그분에게서 익숙한 한 얼굴이 겹쳐 보였다.

"아, 혹시 캬캬 어머니신가요?"

이번에는 상대편이 깜짝 놀랐다.

"어머 네. 제가 캬캬 엄마예요. 닮았나요?"

그렇게 시장 한복판에 서서 용서점 단골손님의 어머니와 첫인사를 나누게 되었다.

"캬캬가 요즘 용서점에 열심이죠?"

나는 캬캬가 여러 모임에 참여하고 있고, 용서점의 단골손님이라고 말씀드렸다. 어머니는 꽤 놀라시는 듯했다. 캬캬가 종종 가족에 관한 이야기를 쓰긴 했지만 구체적으로는 알지 못했기에, 어머니의 반응을 보며 그저 짐작할 뿐이었다. 어머니는 캬캬를 사로잡은 비결이 뭐냐고 물으셨다.

"제가 오히려 물어야 할 것 같은데요? 음… 그냥 편하게 와서 쉬어갈 수 있으니 그런 게 아닐까요. 안

심하셔도 좋을 것 같아요."

캬캬가 모임에서 멤버들과 잘 지내고 있다는 말도 보냈다.

서점으로 돌아오면서 용서점의 모임들이 하고 있는 일에 대해 생각해 보게 되었다. 모임에 참석하는 이들의 상황과 사연은 다 다르고, 나는 그것들을 알지 못한다. 하지만 한 가지 분명한 건, 어떤 상황에 처해 있고 어떤 마음으로 왔든 용서점에서 쉬고 웃고 말하고 있다는 것이다. 그리고 그건 내가 진심으로 바라는 일이다. 책을 많이 파는 것보다 더, 용서점이 유명해지는 것보다 더.

용서점에는 누구라도 올 수 있다. 비용으로나 모임의 수준으로나 문턱이 낮다. 그리고 책방 주인은 대하기에 어려운 사람이 아니다. 앞으로도 그럴 것이다. 진짜다.

캬캬 어머니를 뵈니 괜히 기분이 좋아져서 저절로 노래가 흘러나왔다.

"오케이, 계획대로 되고 있어."

# 누구를 위하여
# 서점은 존재하는가

서점의 문턱에 대해 많이 생각한다. 모임의 주제를 정할 때도, 회비의 여부를 두고도 고민을 한다. 그것이 누군가에게 넘기를 주저하게 만드는 턱이 될까봐 그렇다. 동네에 생긴 작은 책방이 아무리 외부에서 유명하다 한들 정작 동네 사람들에게 편하고 친밀한 공간이 아니라면 슬픈 일 아닌가. 물론 용서점이 외부에서 유명하단 말은 아니다.

아무튼 그런 마음 때문에 용서점의 읽고 쓰는 모임들은 처음에 회비를 받지 않았다. 일단 서점을 편하게 드나들고, 모임에 참석하는 게 더 중요했다. 그 대신 지각이나 결석을 하는 경우엔 벌금을 받았고, 월말에는 그 돈으로 다 같이 회식을 했다.

처음 모임에 참석한 이들은 의아해했다. 회비가 없으면 안 된다고 조언을 하는 이들도 있었다. 회비가 있어야 돈 때문에라도 성실하게 참석하게 된다는 이유에서였다. 한동안 그런 조언을 한 귀로 흘리며 '참가비 무료' 정책을 유지했다. 급기야 나중에는 참석자들이 자발적으로 회비를 내겠다고 의사를 밝혔고, 결국 월 만 원의 기초 회비를 받기 시작했다.

용서점이라는 공간을 동네 사람 누구나 쉽고 편하게 이용하길 바라는 마음엔 변함이 없다. 서점을 지나쳐 가는 사람들 중에는 부자가 있고 가난한 사람이 있다. 젊은 사람이 있고 나이 든 사람이 있다. 학생이 있고 직장인이 있다. 이 사회가 온갖 조건으로 경계를 만들고, 소위 끼리끼리 모여 견고한 성을 유지하는 것을 보며 용서점은 울타리 없는 공간이 되기를 바랐다. 누군가에겐 회비 만 원이 아무것도 아닐지 몰라도 다른 누군가에겐 일 년에 12만 원을 모임에 쓰는 게 부담스럽고 어려운 일일 수 있다. 지금은 잠시 최소한의 회비를 통해 아주 낮은 허들을 두고 있지만, 내 꿈은 용서점의 모든 모임을 최대한 무료로 운영하는 것이다. 참여자들의 책임감 확보는 다른 방식으로 풀면 되는 일이다.

글을 쓰고, 읽고, 서로의 이야기를 들어보려는 마음이면 충분하다. 서툴러도 괜찮고, 베테랑이어도 좋다. 삶의 배경이나 환경이 장애물이 되지 않는 모임이고 싶다. 더 많은 이들이 모여 더 다양한 이야기들이 쌓이고 흘러가기를 원한다. 그러니 역곡 사람들이여, 부디 겁내지 마시기를. 일단 와 보시지요.

# 모임의
# 힘

밖에서 용서점 모임을 바라보는 이들이 종종 모임의 목적에 대해 묻는다. 그럴 때면 농담조로 이렇게 말한다.

"우리는 서로에게 기대가 없어요."

용서점 모임의 가장 큰 특징은 '무목적성'이다. 김영민 교수가 그의 책 『동무와 연인』에서 동무의 특징을 '서로 간의 차이가 만드는 서늘함'으로 언급했듯이, 용서점 모임에 참석한 이들은 서로의 다름을 알고, 그 다름으로 인한 거리를 군이 좁히려 하지 않는다. 함께 뭔가 이뤄야 한다는 부담을 느끼지도 않는다.

글은 쓰지만, 이 글로 무엇을 하겠다는 목적은 없다. 좋은 글들을 베껴 쓰고 또 낭독하지만, 그렇게 필사한 것들이 후에 무엇이 되리란 기대를 갖는 것도 아니다. 그저 무언가를 함께 하는 것이 좋아서 사람들은 모인다.

혼자 보내는 시간이 더 이상 어색하거나 민망하지 않은 시대가 되었다. 혼영, 혼밥, 혼술, 혼코노 등 점차 모이는 일은 줄어들고 각자 하는 일이 늘고 있다. '혼자'를 말하는 책들이 넘쳐나고, 혼자인 사람들을 위한 사업들이 잘되고 있다. 다른 사람들과 부대끼며 피로를 느끼기보다, 홀로 자신이 좋아하는 것을 남의 눈치 보지 않고 하고 싶은 것이다.

그런데 참 희한한 일은, 조명은 어둡고 자리도 그다지 편하지 않은 용서점 모임에 사람들이 자꾸 모여든다는 것이다. 한번 참석했던 이들은 다시 또 이 자리를 찾아온다. 새로운 모임에 대한 아이디어를 먼저 제안하기도 한다. 왜일까? 나는 그것이 이곳에서 경험한 '운김' 때문이라고 생각한다.

운김. 모임에서 알게 된 순우리말로, '여럿이 함께 일할 때 우러나오는 힘', '사람들이 있는 곳의 따뜻한 기운'이란 뜻을 가지고 있다. 발음은 낯설지만 의미가 마음에 들어 어떤 방식으로든 애용하고 싶은 단어이다.

모임에는 힘이 있다. 함께일 때만 얻을 수 있는 위로와 재미와 깨달음이 있다. 그저 같은 공간에 함께 있는 것에서 의미를 찾을 때, 모임의 힘은 우리 삶 안으로 들어온다. 우리는 이미 너무 많이, 목적이 이끄는 모임을 경험했다. 그러니 이제는 뭔가를 이뤄야 한다는 부담 같은 것 없는 모임이 필요하다. 그게 용서점 모임이다.

## 오래 장사를
## 하고 싶은 이유

　인터넷에서 새벽에 운동할 사람을 모집하는 글을 봤다. "새벽 1시에 모여서 운동합니다"라는 내용이었다. 그 글을 보며 '저 시간에 운동하는 건 오히려 생체 리듬에 안 좋을 텐데'라고 생각했다. 그런데 놀랍게도 금세 15명이 모였다. 무척 신기했다. 새벽 1시에 운동이라니. 용서점 모임에서 이 이야기를 나눴고, 내 말을 들은 한 분이 말했다.

　"누군가는 그 시간 외에는 사람들을 만나고 운동할 시간이 없어서 그런 것 아닐까요?"

그럴 수 있겠구나. 왜 그 생각을 못 했지.

모임을 통해 내 시야 너머의 일들을 듣고 배우게 되는 순간들이 자주 있다. 이런 게 모임 안에서 누리는 가장 큰 유익이다. 내 경험과 지식만으로는 세상의 일을, 아니 가까운 이웃의 일조차 이해하기가 어려운 순간이 있다. 내 시선과 생각이 머무는 곳에만 있다 보면 의도하지 않아도 편협해질 수밖에 없다.

이 대화를 나누는데 문득 '11시 아주머니'가 떠올랐다. '내가 10시에 퇴근을 해 버리면 11시에 용서점 앞을 지나가는 아주머니가 책 구경을 못하시겠구나' 하는 생각과 함께. 아주머니는 하루 일을 마치고 매일 밤 11시, 서점 앞을 지나신다. 그때까지 서점이 열려 있으면 특가 매대에서 즐겁게 책을 둘러보고 한두 권 씩 사신다. 다음 날 출근길에 보신다면서. 그리고 늘 말씀하신다.

"아휴, 서점 안에 있는 책도 사서 봐야 하는데요."

그분 생각에 가끔은 일부러 11시까지 문을 열어 두곤 했다. 그러면 어김없이 11시에 특가 매대 앞에 멈춰 서시는 아주머니를 볼 수 있었다. 만일 문이 닫혀 있었다면 아쉬운 마음으로 골목을 지나치셨겠지.

새벽 1시밖에는 운동할 시간이 없는 누군가가 있듯, 밤 11시가 되어야만 책방에 들를 수 있는 사람이 있다. 그런 분께는 용서점처럼 동네 작은 책방이 이용 가능한 유일한 서점일지 모른다. 표준화된 서비스를 누릴 수 없는 이들을 위한 돈 안 되는 장사가 필요한 이유이기도 하다. 이런 한 분 한 분을 생각하면, 어떻게든 잘 운영해서 오래오래 장사를 하고 싶어진다.

모임은
모임을 낳고


기초모임이 일 년 정도 진행되다 보니 참석자들에게 새로운 욕구가 생겼다. '잘 쓰고 싶다'. '배우고 싶다' 등. 그리고 그 마음은 자연스럽게 심화모임으로 연결되었다.

참석자들의 요청으로 시작된 것이지만, 심화모임은 용서점의 생존을 위해서도 중요했다. 일정 비용을 받는 모임이기 때문이다. 그렇게 윤성근 작가의 글쓰기 강좌와 이현주 작가의 드로잉 강좌를 열었고, 두 강좌 모두 많은 수강생들이 신청을 했다.

심화모임을 준비할 때 가장 큰 고민은 공간이었다. 서점 공간을 모임 중심으로 운영하면서, 작은 공간 하나로는 한계가 있다는 것을 계속 느끼고 있었다. 공간 하나를 더 구하는 간단한 방법이 있었지만, 여건이 되지 않았다.

그러다 문득 용서점 인근에 작은 도서관, '뜰안에 작은나무'가 있다는 게 떠올랐다. 그곳이 저녁에는 운영하지 않는다는 사실과 함께! 바로 연락을 해서 공간 협약을 맺었다. 무려 두 군데의 공간을 사용할 수 있었다. 지역과의 상생 모델, 그 첫걸음이었다. 양편 모두에 유익한 형태의 일을 하고 싶다고 생각해 왔는데, 이렇게 또 길이 열렸다.

'뜰안에작은나무' 도서관은 조금 특이한 공간이다. 도서관의 기능도 하지만, 지역 주민에게 학습공간을 제공하고, '줌마 밴드'와 같은 문화 활동의 장이기도 하다. 그뿐만 아니라 역곡마을평화센터, 사교육걱정없는세상, 정치하는 엄마들 등 다양한 모임들이 이루어지는 곳이기도 하다.

도서관을 운영하는 나관장님 이야기를 안 할 수가 없다. 그야말로 동네 '홍반장'이시다. 도서관을 운영하며, 이 지역 아빠들 모임인 '역곡 포럼'을 주관하고, 부천지역 신문인 '콩나물신문'의 조합원이자 기자로 일하고 있다. 도대체 직함이 몇 개인지 모른다.

나관장님을 처음 본 건 직전에 다니던 출판사 업무 때문이었다. 당시 관장님은 어떤 그룹에서 실무진으로 활동하고 계셨는데, 출판사와의 협업으로 스치듯 뵀던 게 전부였다. 그런데 역곡으로 이사를 한다는 내 SNS 글에 나관장님이 댓글을 다셨다. 용서점이 들어갈 자리가 '뜰작' 바로 근처라고. 그 후 서점을 준비할 때부터 찾아와 관심을 가져 주시고, 초반 모임과 행사를 홍보할 때도 큰 도움을 받았다.

그런데 또 이렇게 도움을 받게 됐다. 나관장님이 일구신 공간 덕분에 새로운 모임이 차질 없이 진행되고 있다. 이렇게 받기만 해도 되는 건지 모르겠다.

# 동네
# 콜라보

동네에서 보내는 시간이 늘어나면서 동네에 새로 가게를 연 분들과의 교류도 늘었다. 대체로 이 동네에서 나고 자라 밖에 나가서 일을 배우다가 돌아온 경우가 많다. 내 코가 석 자면서도, 그냥 그들에게 조금이라도 도움을 주고 싶어서 자꾸 기웃거리게 된다.

동네 콜라보의 초창기 버전은 플리마켓이었다. SNS를 통해 신청자를 모집했다. 용서점 모임에 참석하던 멤버들은 '과일청'을 만들어 팔았고, 역곡 남부에 살던 번역자 부부는 본인들이 만든 비누 등 수제품을 가지고 나왔다. 이웃인 은향 꽃집에서는 드라이 플라워를 가져왔고, 용서점 손님이었던 다예 님은 손님들에게 캐리커처를 그려 주었다. 당시 생긴 지 얼마 안 된 '해빗 까페'에서는 직접 구운 쿠키를 판매하며 카페 명함을 돌렸고, 이웃 '현짱의 식탁'에서는 메뉴에 없던 삼각김밥을 만들어서 판매했다. 용서점은 선물하기 좋은 책을 포장해서 소위 '비밀책'을 내놓았다. 역곡 남부에 사는 인디 가수 '유리별'의 피날레 공연도 있었다. 플리마켓은 성공적이었다. 우리는 즐거웠고, 나는 연합의 효과를 눈으로 확인했다.

작년에는 카페 '분더 커피바'와 커피 번개를 열었다. 라떼 아트 강사이자 바리스타 대회 챔피언이기도 한 분더 커피바 사장님이 직접 머신을 들고 서점에 왔다. 열 명쯤 되는 참석자들이 라떼 아트를 직접 체험해 보는 즐거운 시간을 가졌다. 주최 측은 품이 많이 들긴 했지만, 역시 함께 하는 일은 즐거웠다. 서점과 커피가 얼마나 환상적인 조합인지도 충분히 느낄 수 있었고. 후속으로 뭔가 더 진행하고 싶었는데, 분더 커피바가 금세 손님들로 발 디딜 틈 없는 핫 플레이스가 돼 버리고 말았다. 사장님의 건강을 지켜 드리기 위해 현재는 다른 제안을 하지 않고 있다. 기회는 계속 엿보고 있다.

'이웃과 함께하는' 서점이길 원한다. 두 가지 이유에서다. 하나는 동네 사람들을 위해서다. 새로운 것을 배우고 익히고, 좋은 것을 누리는 건 삶의 아주 중요한 요소다. 많은 이들이 먹고사는 일에 온 힘을 쏟느라 인생에게 허락된 또 다른 유익을 놓치고 살아가는 건 아닌가 싶다. 그래서 힘과 기회가 닿는 대로 동네 사람들에게 새로운 경험과 놀이의 장을 제공하고 싶다. 또 하나는, 도서관 '뜰안에작은나무'와의 협업처럼 이웃 상가들과의 연대를 희망해서다. 가진 것이 각기 다르기에 서로의 필요를 채울 때 할 수 있는 일은 확장된다. 그리고 이는 결국 서로를 자라게 한다. 더불어 자라 가야 서로 누릴 수 있는 유익은 커진다.

구체적인 지역 상생의 일환으로 역곡동 용서점 2주년에 맞춰 용서점 주변 지역 '문화지도'를 준비하고 있다. 매력적인 공간들을 지도에 넣어, 종이로 또 웹으로 다양하게 배포할 생각이다. 지역에 조금이나마 유익을 줄 수 있다면 좋겠다. … 과연 그때까지 완성이 될 것인가.

## 서점으로
## 먹고살기

책을 파는 일은 어렵다. 정말이다. 서점으로 돈을 벌 수 없는 이유는 백 가지라도 댈 수 있다. 사람들은 책을 사지 않는다. '한국사람 절반이 일 년에 단 한 권의 책도 읽지 않는다'는 최근 통계에서 주목할 것은 동사다. "'사지' 않는다"가 아니라 "'읽지' 않는다"이다. 그러니까 책을 읽는 나머지 절반 중에는 책을 사서 읽지 않고 도서관에서 빌려 읽는 사람도 포함된다.

서점을 열고 얼마 되지 않았을 때 방문한 한 서점 관계자는 왜 부천에서 이런 책방이 안 되는지에 대해 친절하게 설명해 주었다. 결정적인 이유는 도서관이 지나치게 잘 구비되어 있는 지역이라는 것이었다. 부천에 사는 책을 읽는 사람 중 상당수가 도서관 이용자일 거라는 근거 있는 얘기였다. 실제로 용서점에서 차로 10분 거리에만 시립도서관이 4개가 있다. 작은 도서관은 세지 않았다.

보통 서점에 오는 사람들의 질문은 크게 두 가지로 나뉜다. 왜 이런 외진 곳에 가게를 냈나. 이렇게 운영해서 유지가 되나. 먹고사는 문제에 다들 관심이 많고 걱정도 많아서 그런가, 특히 두 번째 질문은 정말 많이 받았다. 그런데 많은 사람들이 작은 책방 주인의 생계를 걱정하면서도, 정작 책을 사지는 않는다.

서점이 책을 팔아서 공간을 유지하기란 정말 어렵다. 동네책방은 더더욱 그렇다. 온라인 서점이나 대형 서점과 책 판매를 두고 경쟁하는 건 불가능하다. 그렇다고 염려나 불평만 하고 있을 순 없으니, 동네책방의 강점을 살려 길을 새로 내야 한다.

동네에서는 이웃들과 모임을 가질 수 있다. 이건

작은 책방이 잘할 수 있는 일이다. 온라인 서점이나 대형서점이 아무리 크고 다양한 도서를 보유하고 있어도 매일 모임을 주관할 수는 없다. 모임은 그 자체로 큰돈을 벌 수 있는 일이 아니기 때문이다. 그러니 사람을 투입하고 공간을 마련하는 게 비효율적인 일이 된다. 하지만 동네책방은 그런 부분에서 자유롭다. 책방 주인이 책방에서 진행하면 된다. 게다가 읽고 쓰는 모임의 경우, 참고할 도서가 사방에 널려 있다는 건 매우 큰 장점이다. 그림을 그리거나 음악을 듣는 모임에서도 책으로 둘러싸인 공간은 사람들이 서로에게, 혹은 작업에 집중할 수 있게 돕는 묘한 힘이 있다.

하지만 모임만으로는 안 된다. 모임은 사람들이 서점 공간과 친해지게 하는 역할은 하지만, 그것만으로는 서점을 유지할 수 없다. 그런데 이 현실적인 문제도 '작은' 서점의 강점을 살려 해결해 볼 수 있다. 작은 서점에서는 주제를 제한하거나 한두 종에 집중해서 책을 진열하고 판매하는 게 가능하다. 실제로 작은 서점들 중에는 심리, 음악, 여행, 그림책 등 특정 주제의 서적만 취급해 전문성을 살리는 경우가 있다. 이게 의외로 좋은 결과를 가져온다.

　　결국 '동네'의 '작은' 서점이라는 것에서 답을 찾아야 한다. 물론 모든 게 말처럼 쉽지는 않다.

## 와인도 마시고
## 음악도 듣습니다

"여기는 뭐하는 데예요?"라는 질문이야 서점을 열고 수차례 들어왔기에 이제는 내 대답 이후에 이어질 대화까지도 충분히 예상 가능하다. 그런데 "여기 서점은 아니죠?"라는 확신에 찬 물음엔 잠시 당황했다. 사람들이 일반적으로 생각하는 서점의 모습과 달랐기 때문일까. 용서점에는 싱크대가 있고, 와인 잔과 LP 턴테이블이 있다. 입구에는 빈 와인 병들이 존재감을 드러내며 한자리 차지하고 있다.

책을 가까이하지 않던 사람이 어떤 기회를 통해 책

을 직접 사고 읽게 되는 일은 사실 기적에 가깝다. 책을 보지 않던 사람이, 학업이나 업무 때문이 아니라 순수하게 독서를 목적으로 책을 읽게 되는 게 쉬운 일이 아니란 이야기다.

예전엔 서점의 역할이 단순하고 분명했다. 독서가 취미인 사람, 자신이 볼 책을 이미 정한 사람들에게 책을 소개하고 전달하기만 하면 됐다. 그런데 이 시대는 책을 읽지 않는 이들이 압도적으로 많다. 게다가 책을 가까이하는 이들의 상당수는 온라인을 통해 다양한 방식으로 자신이 읽을 책을 구한다. 그러니까 스스로 찾아오는 독자를 가만히 기다리기만 해서는 안 된다는 이야기다.

동네를 걷다가 "여기는 뭐예요?" 하며 들어오는 이들은 '비독자'인 경우가 많다. 실제로, 많은 이들이 "예전에는 책 봤었는데…"라는 말로 자신을 소개한다. 이런 이들이 다양한 모임과 행사에 참여하고, 이곳을 오가는 이들과 관계를 맺고, 점점 이 공간과 친해지면서 책을 잡기에 이른다. 실제로 글쓰기 모임 참석자들 중에는 모임을 통해 다시 책을 읽기 시작했다고 말하는 이들이 많다.

물론 글쓰기 모임에 참석한다는 건, 어느 정도 '글'에 관심이 있다는 이야기다. 서점이 부담스럽기만 한 이들은 여전히 서점 밖에 머문다. 바로 이들에게 보내는 초대장이 싱크대와 LP 턴테이블과 와인 잔이다. 와인을 마시며 시를 낭송하는 모임, 함께 요리를 하며 대화를 나누는 소셜다이닝 모임, 동네 플리마켓, LP 음감회 등 책과는 상관없어 보이는 이런 모임들(용서점에서 '문화모임'이라고 부르는 모임들)을 통해 서점에 첫발을 내딛는 게 중요하다. 실제로 이를 계기로 읽고 쓰는 모임에 참석하게 된 손님들이 있다.

서점이 책을 파는 곳이라는 사실엔 변함이 없다. 달라진 게 있다면, 책을 팔기 위해 서점에서 하는 일이 훨씬 다양해졌다는 점이다. 서점에서 하는 모든 모임과 행사는 궁극적으로 독자를 키우는 일이고, 비독자를 독자로 바꾸는 일이다. 나는 꾸준히 이 작업을 하고 있다. 시간이 걸리는 일이지만 행복하고 뿌듯하다. 이 과정에서 동네 사람이 이웃이 되고, 친구가 되는 신비를 경험하는 건 보너스다.

# 다 잘되는 건
# 아닙니다

"하고 싶은 일 하며 사시니 좋겠어요."

손님들은 부럽다는 듯 이야기한다. 맞는 말이다. 그런데 절반만 맞다.

책과 또 책을 소개하는 일을 좋아하는 건 사실이지만, 서점 운영은 내가 좋아하는 일들로만 채워지지 않는다. 당연히 하기 싫은 일도 해야 하고, 야심차게 시도했다가 완벽한 실패를 경험하기도 한다. 책임은 모두 내 몫이다.

SNS에 보이는 모습과 실제 서점 상황에는 꽤 차

이가 있다. 주로 잘된 이야기 위주로 소개하기 때문에 책방 주인의 눈물과 이불킥을 많은 사람들이 모른다.

지금껏 이야기한 모임에 관한 훈훈한 에피소드가 전부일 거라 생각했다면 오산이다. 모임은 잘되기도 하고 안 되기도 했다. 신청이 저조해서 취소한 적도 여러 번이다. 기수별로 인원을 모아서 하는 강좌들이 특히 힘들었다. 작가 행사에서는 행사 당일에 노쇼가 밀려들면서 행사 자체가 위기를 겪은 적도 있었다. 지금 생각해도 아찔하다.

그중에 가장 타격을 입은 건 '용마켓'이다. 2019년 말, 온라인 마켓에서 단순 변심으로 반품되어 돌아온 물건들을 반품숍 형태로 판매해 보겠냐는 제안을 받았다. 어차피 동네 사람들과 여러 활동을 하고 있으니, 그들에게 다양한 생활용품을 저렴하게 판매하면 윈윈이 아니겠냐는 생각이 들었다. 책만 팔아선 서점 운영이 힘들어 좀 더 나은 수익 구조를 찾으려는 욕심도 있었다. 그래서 일단 시범적으로 진행해 보기로 했다. 이름은 오픈 초기에 진행했던 플리마켓의 이름을 따서 '용마켓'이라고 지었다.

이틀 동안 인근에 공간을 빌리고, 용달을 섭외해서 파주 창고에서부터 짐을 공수했다. 아르바이트생도 한 명 고용했다. 이틀에 걸쳐 진행했지만 물건이 너무 많이 남아서 SNS로 한 번 더 판매를 진행했고, 이후 남은 물건은 전량 반품으로 마무리를 했다. 결론적으로 이것저것 떼고 나니 수익은 거의 나지 않았다. 고생은 고생대로 하고, 손에 남은 것은 없고. 대체 무엇을 위한 행사였던가.

그런데 이 허무한 상황에서 나를 가장 괴롭힌 건 돈이 아니라 손님들의 반응이었다. 용서점에서 주관하는 행사라 응원차 오긴 했지만, 그들은 이 행사를 낯설게 느끼고 있었다. 용서점이 서점과 전혀 상관없는 물건들을 파는 것에 설득이 되지 않았던 것이다.

그 즈음 몇 분이 해 준 말이 하나의 사인이었는데 나는 알아채지 못했다.

"그걸 왜 용서점에서 팔아요?"

대답할 말을 찾기 어려운 질문이었다. 순전히 돈을 벌기 위해 진행한 행사였음을 인정할 수밖에 없었다.

그것도 용서점과 연결 짓기 어려운 물건들을 판매하는 행사.

　이 일은 '용서점'이라는 브랜드를 운영해 가는 방식에 대해 진지하게 생각해 보는 계기가 되었다. 서점을 운영하는 입장에서는 수익 생각을 안 할 수가 없다. 앞으로도 수없이 고민하고 새로운 무언가를 시도할 것이 분명하다. 하지만 꼼수는 부리지 말자고 다짐한다. 그동안 차곡차곡 쌓아 온 용서점의 이야기를 내 손으로 흐트러뜨리는 일은 없어야 할 테니.

내가 감당할 수 있는 속도 이상으로

달리게 하는 '바람'을 주의해야 한다.

원래 계획했던 속도대로 가는 게 옳다.

## 용마켓

아픔을 안겨 준 용마켓이지만, 즐거운 기억도 있다. 급하게 준비하느라 홍보가 제대로 안 돼 한산한 공간에 한 무리의 아이들이 들이닥쳤다. 방과 후 돌봄 교실을 운영하시는 캬캬의 어머니가 그곳 아이들을 데리고 놀러 오신 것이다. 가도 되냐고 물어보긴 하셨는데, 이 정도 인원일 줄은 몰랐다.

20여 명의 아이들이 달려들어 물건을 집어 들고 얼마냐고 묻기 시작했다. 가격표도 제대로 붙여 놓지 못한 상태라 혼이 몸에서 빠져나가려는 것을 간신히

붙잡고 있는데, 다섯 살쯤 돼 보이는 꼬마가 다가왔다. 꼬마는 500원짜리 하나를 내밀며 이걸로 살 수 있는 게 뭐가 있냐고 물었다. 나중에 알게 된 사실이지만, 아이들은 부모님께 드릴 선물을 고르고 있던 거였다. 나는 500원으로 살 수 있는 것 몇 개를 골라 주었고, 조금 후 다시 내게 온 녀석은 600원짜리 부침가루를 들고 있었다.

"근데 너 500원밖에 없지 않아?"

"200원밖에 없어요."

아니, 이게 무슨 말인가. 그리고 그 말을 이리 귀여운 표정으로 당당하게 할 수 있단 말인가.

알고 보니 그 사이에 유혹을 이기지 못하고 300원짜리 트레비를 사 버린 것. 아이들의 시선이 모두 우리를 향해 있었다. 이 위기를 지혜롭게 벗어나야 했다. 잠시 고민한 후 꼬마에게 귓속말을 했다.

"삼촌이 이거 200원에 줄 테니까, 대신 다른 애들한텐 비밀이다!"

아이는 활짝 웃더니 가방을 뒤적이기 시작했다. 그런데 동전이 쉽사리 손에 잡히지 않는 모양이었다. 몰려드는 아이들, 불안한 나….

"야, 잘 좀 꺼내 봐."

갑자기 가방에서 동전 찾기 게임을 하는 분위기가
됐고, 아이는 낭패라는 표정으로 가방을 뒤적였다. 그
때 곁에 있던 한 아이가 동전 몇 개를 쓱 내밀었다.

"제가 대신 내 줄게요."

"찾았다!"

다행히 아이는 가방에서 100원을 찾았고, 부침가루
를 샀다. 동전을 건넨 아이도 웃었고, 나도 웃었고, 주
변에 있던 아이들도 다 같이 웃었다. 귀여운 녀석들!

## 고전(古典) 읽기의
## 고전(苦戰)

생각처럼 잘되지는 않았던 모임 이야기를 하나 더 해 보려 한다.

서점을 열 때부터 독서 모임에 관심이 있었다. 두 가지 모임을 떠올렸다. 쉬운 모임과 어려운 모임. '쉬운 모임'은 책에 조금이라도 관심이 있는 사람은 누구나 참여할 수 있는 모임이다. 이 모임은 책 읽기 습관을 들이는 자리로, 각자 준비한 책을 읽은 후에 책에 대한 이야기를 나누는 것이 전부다. 일종의 독서실처럼 용서점은 공간만 제공한다. 반면, '어려운 모임'

은 공부 모임에 가깝다. 혼자서는 도저히 진도가 나가지 않는 책을 서로 도와가며 읽는 모임이다. 이 생각이 발전돼 민음사 세계문학전집을 2주에 한 권씩 읽고 대화를 나누는 '봐용' 모임이 만들어졌다. 고백하자면, 함께 보면 좀 나을 거라는 생각은 나중에 많이 흔들렸다.

"제가 생각했던 건 이런 모임이 아니었어요."

모임에 처음 참여한 학생이 모임을 마친 후 내게 문자를 보냈다. 그는 좀 더 부담 없는 모임을 원한다고 했다. 고전을 읽는 것도 도전인데, 책에 대한 깊은 이야기까지 나누는 게 부담스러웠던 것이다. 솔직히 나 스스로도 이미 느끼고 있던 부분이었다. 1, 2번이 로마시대 시인인 오비디우스의 『변신 이야기』였는데, 거의 대부분의 멤버가 헤맸던 것 같다. 끝없이 이어지는 신화 속 변신 이야기는 웬만큼 끈기가 있지 않고서는 완독하기가 어려웠다. 다행히 그 뒤로 햄릿과 동물농장 등 '상대적으로' 읽기 쉬운 책들이 이어지긴 했지만, 뭔가 아슬아슬했다. 마치 끊어지기 직전의 줄

위에 올라와 있는 것 같았다.

한 달이 지날 때마다 그만두는 사람이 생겼고, 연말 마지막 모임에는 단 두 명만 살아남는 초유의 사태를 겪게 되었다. 나머지 글쓰기 관련 모임과 꿈그룹 모임이 안정적으로 운영되어 가던 것과는 너무 상반되는 결과였다. 2주에 한 권씩 고전을 읽는다는 게 애초부터 무리한 목표였던 걸까. 그렇다고 한 달에 한 권씩 읽어서 언제 다 읽나. 아니, 그걸 꼭 다 읽어야 하나. 여러 생각으로 마음이 복잡했다. 뭔가 대책을 세워야 했다.

2019년 말까지 총 14권의 민음사 고전을 읽었다. 개인적으로는 소기의 결과를 얻었다. 모임이 아니었다면 내가 14번까지 꾸역꾸역 읽어 냈을 리가 없기 때문이다. 모임에 대한 실망과 고전에 대한 부담 등 여러 이야기를 들으면서도 내 생각은 확고했다. 일단 꾸준히 나아가면서 답을 찾아보자는 것이었다.

새해를 맞아 오히려 모임을 하나 더 추가해서 두 개의 봐용을 모집했다. 새해 다짐 중에 고전 읽기가 있었던 건지 금세 두 모임 모두 신청이 마감되었다.

실패의 경험은 확실히 약이 되었다. 책마다 도움이 될 만한 자료(고전이라 대체로 자료가 풍부하다)를 조금 더 챙기는 것만으로도 분위기가 한결 부드러워졌다. 비록 뜻밖의 '코로나19 바이러스'로 인해 잠시 멈춤 상태이긴 하지만, 봐용 모임이 가야 할 방향은 잡은 듯하다. 지금이라면 한 번 나왔다가 그만둔 친구를 붙들고 다시 제안할 수 있을 것 같다.

"그렇기 때문에 함께 모여서 읽는 거예요. 포기하지 말고, 한 번 더 도전해 봐요."

# 방송 타다!


2019년 11월 어느 날, 모르는 번호로 전화가 걸려 왔다. 보통은 모르는 번호로 온 전화는 잘 받지 않는데, 핸드폰으로 다른 작업을 하고 있던 중이라 바로 연결이 되고 말았다.

"안녕하세요. EBS 발견의 기쁨 동네책방의 작가입니다."

동네책방을 돌아다니며 저자와의 만남을 갖고 지역을 소개하는 프로그램이라고 했다. 듣자마자 바로 거절 의사를 밝혔다. 용서점은 아직 지역에 뿌리를 내렸다고 할 만큼 자리를 잡지 못했고, 무엇보다 방송에서 보여 줄 만한 게 없다는 이유에서였다. 그러나 작가는 이미 예상했다는 듯 용서점보다 작은 책방도 촬영을 한 적이 있고, 영상은 후작업이 있으니 촬영에 너무 힘을 들일 필요가 없다고 설명을 덧붙였다. 생각할 시간이 필요했다. 2년도 채 되지 않은 작은 책방이 뭘 보여 줄 수 있을까.

이야기를 전해 들은 이들은 모두 기뻐하며 당연히 해야 하는 거라고, 고민은 '할까 말까'가 아니라 '어떻게 준비할까'가 되어야 한다고 말했다. 그 말이 맞았다. 경기도에 있는 수많은 서점들 중에 용서점이 선정이 된 것이니 그저 감사한 일이었다. 자격에 대해 운운하는 건 내가 할 일이 아니었다. 결국 다음 날, 방송국에 프로그램 참석 의사를 밝혔다.

촬영 날까지 약 한 달 동안 딱히 서점이 할 일은 없었다. 평소와 같은 날들을 보내다 촬영 일주일 전이 되어서야 서점 이곳저곳에 마구 쌓여 있는 책들을 치우기 시작했다. 용서점 공식 금손 령 님의 도움을 받아 그동안 거친 손 글씨로 만들어 놓았던 피오피들도 새로 제작했다.

촬영 당일, 프로그램 진행자인 백영옥 작가님과 그날의 초대 저자인 이원복 작가님이 서점에 오셨다. 잠시 책방에 대해 이야기를 나누고, 저녁 6시부터는 초대된 독자들과 함께 북토크를 진행하는 일정이었다. 방송이 뭐길래, 나도 지인들도 조금씩 들떠 있었다. 회사에 반차를 내고 오후를 서점에서 보낸 이도 있었다. 촬영은 물 흐르듯 진행됐고, 잘 끝났다. 기다리는 건 한 달이었는데 하루 촬영은 순식간에 지나갔다.

방송은 1월 2일 신년 특집으로 전파를 탔다. 몇몇 손님들과 함께 방송을 지켜봤고, 이 공간에 대한 호의가 듬뿍 담긴 영상에 뭉클했다. 방송을 보는 동안 곳곳에서 연락이 왔다. 대학교 후배부터, 교회 동기, 친척 등 생각보다 많은 사람들이 방송을 봤다는 게 신기했다. 심지어 무심코 채널을 돌리다가 용서점을 보고 연락을 한 지인들도 있었다.

방송 이후 모르는 이들로부터 "용서점의 앞날을 응원한다"는 식의 격려 문자가 계속 이어졌다. 방송을 보고 용서점을 방문하는 사람들도 꽤 있었다. 한동안 '아, 이런 게 방송의 힘인가'를 느꼈다.

가장 기억에 남는 건 송파에서 대안 교육을 하는 청소년과 학부모, 총 50여 명의 방문이었다. 작은 공간이라 한 번에 다 들어올 수가 없어서 절반씩 나눠 2부로 입장하게 했고, 학생들에게 약 10분간 책에 관한 강연을 했다. 솔직히 고백하자면, 단체 방문이니 우르르 몰려와서 잠깐 사진 찍고 금방 돌아갈 거라고 생각했었다. 하지만 내 예상과 달리 아이들은 진지했다. 내 이야기에 귀를 기울였고, 거침없이 책을 골라 집었다. 혹시나 해서 빈티지 그릇을 비롯한 잡화를 서점 입구에 전진 배치했던 나는 속으로 꽤나 부끄러웠다.

방송 출연은 동네 이웃들과의 관계에도 영향을 미쳤다. 근처 가게 주인들이 "방송 잘 봤어요"라고 인사를 건네는가 하면, 바로 옆 야채가게 아저씨는 처음으로 서점에서 어떤 책들을 파는지, 본인이 볼 만한 책이 있는지 물어봤다. 이 동네 랜드마크라고 할 수 있는 조아저씨 빵집의 주인아저씨는 대화를 나누고 싶다며 먼저 말을 걸어왔고, 결국 용서점의 봐용 모임에

합류하게 되었다.

　방송 출연은 그야말로 '선물'이었다. 곱씹을수록 행복하고 즐거운 기억이다. 살다 보니 이런 일도 있다. 여러 일들을 겪으며 용서점은 조금씩 앞으로 나아가고 있는 것 같다.

# 기록

아침 일찍 서점에 와서 오전 모임을 위해 공간을 정리하고 있는데, 서점이 들어오기 전 여기서 세탁소를 운영하시던 아주머니가 지나가시는 게 보였다.

"사장님."

방송 이야기를 전하며, 여기가 그 전에 세탁소였는데 서점으로 바뀌었다는 설명과 함께 예전 세탁소 모습도 자료사진으로 나왔다고 알려 드렸다. 사실 그분도 나도 예상치 못한 일을 당하면서 한 사람은 나가고, 한 사람은 들어오게 된 거라 마냥 웃으며 할 이야긴 아니었지만.

"그 방송 언제 하는데? 이미 지났으면 어떻게 볼
수 있어?"

환하게 웃으며 물으시는 아주머니를 보니 굳이 말
하길 잘했다는 생각이 들었다. 기록으로 남는다고 뭐
가 달라지는 건 아니지만, 그래도 완전히 잊히는 것보
다는 좀 낫지 않나 하는 마음으로.


참, TMI 한 가지를 덧붙이자면, 이곳이 세탁소이
기 전에, 그러니까 20여 년 전에는 여기가 책 대여점
이었다고 한다. 어쩐지 천장이 높고, 책과 잘 어울리
는 공간이라는 생각했는데. 심지어 세탁소에서 쓰던
입간판은 그 전 간판을 덧대서 만든 건데, 안쪽에 희
미하게 '드래곤 책'이라는 문구가 보였다는… 믿거나
말거나.

# 꾸준함의
# 힘

연말에 단골손님 안아주 님과 대화를 나누다가, 연초에 시작한 남편과의 펜 드로잉을 매주 빠지지 않고 그리셨다는 걸 알게 됐다. 첫 그림과 마지막 그림을 보여 주셨는데 놀라웠다. 같은 것을 그린 그림인데, 둘 사이에 확연한 차이가 보였다. 그림을 따로 배운 적 없는 두 사람이, 단지 매주 꾸준히 그림을 그렸을 뿐인데 실력이 그토록 늘었다는 게 신기했다. 그동안 모임을 통해 이야기하던 것이 바로 이 '꾸준함의 힘'이 아니었던가.

"이 그림들로 2020년 첫 번째 전시를 하면 어떨까요?"

그렇게 2020년을 시작하며 안아주 님 부부의 그림으로 서점 안에 작은 전시회를 열었다. 두 사람이 1년 동안 그린 그림들을 '여행의 기억', '두 개의 시선', '한국의 미'라는 이름으로 나누어 소개했다.

작년 5월 중순부터 여름이 끝날 때까지 일주일에 두 번, 아침마다 뛰었다. 책상 앞에 앉아서 보내는 시간이 길어지면서 몸무게가 점점 늘어나는 걸 보다 못해 시작한 일이었다. 석 달 동안 약 500킬로미터 정도를 달렸고, 다행히 땀 흘린 만큼 몸무게는 제자리로 돌아왔다. 꾸준함의 힘이었다.

조금씩이라고 해도 매일, 규칙적으로, 꾸준히 하는 활동, 곧 '루틴'의 중요성을 생각하게 된 건 김교석의 『아무튼, 계속』 덕이 크다. 이 책은 일상의 모든 활동을 나름의 규칙 안에서 성실하게 지켜 나가는 저자의 태도와 삶을 담고 있다. 예를 들면, 월수금은 퇴근하자마자 화분 관리를 하고 건조한 날이면 수건이나 흰

빨래를 돌린다. 이후 라디오 음악방송을 들으며 간단히 저녁을 먹고, 야구를 보며 잠시 쉬다가(금요일에는 플레이모빌 청소를 한다) 수영장에 간다. 그리고 이 루틴을 어기지 않기 위해 월수금엔 약속이나 야근을 철저히 피한다. 내가 살아가는 방식과는 참 다른, 어찌 보면 심심하다고 할 수도 있는 삶인데 이상하게 거기에 마음을 뺏겼다. 내게 필요한 부분이라 그런 걸까. 특히 NBA 역사상 전무후무하게 한 팀과 종신 계약을 맺고 1989년부터 2003년까지 스퍼스에 머물다가 은퇴한 데이비드 로빈슨과 1997년부터 2016년까지 그와 같은 행보를 보인 팀 던컨의 이야기가 참 좋았다. 저자의 표현대로, '팍팍한 현실을 돌파하는 관성의 힘'을 다시 생각하게 됐다. 사람들의 흥미와 재미, 평가에 휘둘리지 않는 평정심과 꾸준함. 용서점을 운영하며 추구하는 것이 바로 이것이다. 뭐 남들 보기엔 다를 수 있겠지만.

꾸준함을 지키며 살고 싶다. 전시회 관람객을 향한 안아주 님 부부의 인사말을 되새기며, 꾸준함에 대한 마음을 다잡는다.

"여러분, 안녕하세요! 저희 두 사람은 2019년 첫 주부터 마지막 주까지 52주간 한 번도 빠지지 않고 일주일에 하나씩 그림을 그렸습니다. 그 결과, 그림을 잘 모르던 저희가 꾸준함이라는 무기로 이만큼 성장할 수 있었습니다.
2020년을 맞아 꼭 이루고 싶은 일이 있다면 성실하게 한 발짝씩 내딛어 보세요. 올해 안에 자신의 성장한 모습에 깜짝 놀라게 될 테니까요.
즐겁게 감상해 주시길 바랍니다. 고맙습니다."

_2020년 1월, 라종훈 & 안아주 드림

# 이제 다시 시작이다

책을 쓰는 게 이렇게 삶을 갈아 넣어야 하는 일인 줄 알았다면 시작하지 않았을 것이다. 확실히 세상엔 잘 몰라서 해내게 되는 일들이 있는 듯하다. 모르니깐 무작정 뛰어들 수 있는 것이다.

이 책을 여행 이야기로 시작했는데, 마지막에도 여행 이야기를 해야겠다. 2016년 10월 2일, 긴 여행을 마치고 인천공항에 도착했다. 여행을 시작할 때의 짐 그대로 자전거 박스를 밀고 나와 나를 기다리던 어머니와 동생을 만났다. 어머니와 머리를 맞대고 포옹을 나누는데 감격스러웠다. 끝이었다. 끝나지 않을 것 같던 긴 여정의 끝. 그리고 나는 이제 그 고생스럽던 여정을 즐겁게 돌아볼 수 있다.

지난 3년도 쉽지 않은 여정이었다. 지나는 순간엔 정말 너무 힘들었다. 많은 이들의 도움으로 여기까지 왔지만, 솔직히 그만두고 싶은 때도 있었다. 나는 안다. 지금 이 시간은 여행의 일부라는 것. 국내를 돌던 첫 번째 여행을 마친 정도라는 것. 그러니까 앞의 여행과는 비교도 되지 않을 만큼 힘겨웠던 티벳, 인도, 네팔은 아직 오지 않은 것이다.


용서점의 삶은 언제나 고단했다. 2017년에 쓰러지신 어머니는 여전히 재활 중이시고, 열심히 책을 팔아 돈을 벌어도 내게 남는 돈은 별로 없다. 하지만 사람들은 모이고, 일은 진행되고, 모임들은 자라 간다. 책의 힘, 사람의 힘이 서점을 밀어 주고 끌어 주는 셈이다. 사실 일반적인 책방의 수익 구조로는 1년도 채 못버티고 문을 닫았을 것이다. 용서점 초기에 수천 권의 책을 기증해 준 이들, 멀리서도 용서점에서 책을 구매해 주는 이들, 손님에서 벗이 된 동네 사람들이 없었다면 지금의 용서점은 꿈도 꿀 수 없었다. 용서점의 은인들이다.

서점은 이제 4년 차를 맞는다. 분명 더 크고 다양한 어려움들이 다가올 테지만, 여기까지 왔는데 멈출 수는 없다. 한 발 한 발 내딛으며 나갈 생각이다. 욕심내지 않고, 용서점의 속도대로.

이 여정의 끝에 무엇이 있을지도 궁금하지만, 그보다 이 여정에서 만나게 될 사람들, 함께 만들어 갈 이야기가 더 궁금하다. 5년 후, 10년 후 용서점은 어떤 모습일까.

# 낮 12시, 책방 문을 엽니다

**초판 1쇄 인쇄** 2020년 5월 1일
**초판 2쇄 발행** 2020년 10월 26일

글 박용희
**펴낸이** 홍지애
**펴낸곳** 꿈꾸는인생
**주소** 서울 마포구 월드컵북로 400 2층
**전화** 070-4046-2371
**팩스** 02-6008-4874
**이메일** lifewithdream@naver.com

ⓒ 꿈꾸는인생, 2020

ISBN 979-11-963806-8-7 (03810)

• 이 도서의 국립중앙도서관 출판예정도서목록(CIP)은 서지정보유통지원시스템(http://seoji.nl.go.kr)과
  국가자료종합목록 구축시스템(http://kolis-net.nl.go.kr)에서 이용하실 수 있습니다.
  (CIP제어번호 : CIP2020015913)